Agathe

ANNE CATHRINE BOMANN

Agathe

ROMAN

Traduit du danois
par Inès Jorgensen

J'AI LU

TITRE ORIGINAL
Agathe

ÉDITEUR ORIGINAL
Éditions La Peuplade

Mathêma

Si je prenais ma retraite à soixante-douze ans, il me resterait cinq mois de travail. Soit l'équivalent de vingt-deux semaines et donc, si tous les patients venaient au rendez-vous, 800 entretiens exactement. En cas d'annulation ou de maladie, ce nombre diminuerait bien sûr. C'était là une certaine consolation, malgré tout.

Carreaux

Je regardais par la fenêtre, assis dans mon salon, lorsque c'est arrivé. Le soleil printanier posait sur mon tapis quatre carreaux décalés et s'avançait, lentement mais sûrement, au-dessus de mes pieds. À côté de moi se trouvait une première édition non encore ouverte de *La Nausée*, que j'avais l'intention de commencer depuis des années.

Ses jambes étaient minces et pâles, et je me suis étonné qu'on l'ait laissée sortir en robe si tôt dans l'année. Elle avait dessiné une marelle sur la chaussée et sautillait, profondément absorbée, d'abord sur un pied, puis sur les deux, et puis elle changeait de nouveau. Ses cheveux étaient attachés en deux couettes, elle devait avoir environ sept ans et vivait avec sa mère et une sœur aînée un peu plus haut dans la rue, au numéro quatre.

Sans doute s'imaginera-t-on que, tel une sorte de philosophe, je passais ma journée à la fenêtre à contempler des choses bien plus élevées que des cases de marelle ou le cheminement du soleil sur le sol. Il n'en était rien. Le fait est que j'étais là parce que je n'avais pas mieux à faire, et puis il y avait sans doute aussi quelque chose de vivifiant dans les exclamations triomphantes qui me parvenaient parfois lorsque la fillette avait réussi une figure particulièrement difficile.

À un moment donné, je me suis levé pour préparer une tasse de thé et lorsque je suis revenu à mon poste, elle avait disparu. Elle a sûrement trouvé un jeu plus amusant ailleurs, pensai-je ; craie et caillou étaient restés au milieu de la rue.

Et puis, c'est arrivé. Je venais de poser la tasse sur le rebord de la fenêtre pour la refroidir et j'étendais une couverture sur mes genoux quand j'ai enregistré un mouvement de chute à la périphérie de mon angle de vision. Un cri perçant m'atteignit, je remis sur pied mon corps raide et m'approchai tout à fait de la fenêtre. Elle était couchée au pied d'un arbre un peu plus bas dans la rue, du côté droit, là où commence le sentier vers le lac. Sur une des branches, j'aperçus un chat qui agitait la queue. En bas, la fillette s'était redressée en position assise, le dos contre le tronc, et se tenait une cheville en hoquetant.

Je reculai la tête. Devais-je aller la voir ? Je n'avais pas parlé à un enfant depuis que j'en avais été un moi-même, ce qui ne comptait guère. Son chagrin ne serait-il pas encore plus grand si un homme inconnu surgissait soudain pour essayer de la consoler ? Je jetai un coup d'œil furtif ; elle était toujours sur l'herbe, le visage éploré et le regard fixé vers le haut de la rue, au-delà de ma maison.

Il valait certainement mieux que personne ne me voie. N'est-il pas médecin, se diraient-ils les uns aux autres, pourquoi reste-t-il là à regarder ? Alors je pris ma tasse de thé et gagnai la cuisine, où je m'assis à la table. Mais même si je me disais que la fillette se lèverait bientôt et sautillerait jusque chez elle, que tout allait bien, je demeurai là, comme un fugitif dans ma propre cuisine, tandis que les heures passaient. Le thé refroidi se couvrit d'une pellicule cuivrée et l'obscurité tomba avant que je me faufile jusqu'au salon où, à demi caché par le rideau, je guettai la rue. Elle avait évidemment disparu.

Trace

Mme Surrugue m'avait accueilli de la même façon chaque matin depuis que je l'avais engagée. Jour après jour, assise derrière le grand bureau en acajou comme une reine sur son trône, elle en descendait dès que j'entrais par la porte pour prendre ma canne et mon manteau, tandis que je posais mon chapeau sur l'étagère au-dessus des patères. Pendant ce temps, elle me détaillait l'agenda du jour et pour finir, elle me tendait une pile de dossiers, d'ordinaire méticuleusement archivés dans les rayonnages derrière le bureau. Nous échangions quelques mots de plus, après quoi en général je ne la revoyais plus avant 12 h 45, quand je quittais les lieux pour aller manger dans un restaurant modeste à proximité.

Quand je revenais, elle était assise exactement comme je l'avais quittée, et de temps à autre je me demandais s'il lui arrivait de manger. Il n'y avait aucune odeur de nourriture et je n'avais jamais vu l'ombre d'une miette sous son bureau. Mme Surrugue avait-elle vraiment besoin de s'alimenter pour vivre ?

Ce matin-là, elle me raconta qu'une femme allemande avait téléphoné et passerait un peu plus tard pour prendre un rendez-vous.

— J'ai parlé d'elle avec le Dr Durand. Elle a apparemment été hospitalisée à Saint-Stéphane il y a quelques années pour manie aigüe et tentative de suicide.

— Non, dis-je fermement, nous devons la refuser. La soigner prendrait des années.

— Le Dr Durand pense aussi qu'il vaut mieux l'hospitaliser de nouveau, mais elle insiste apparemment pour être suivie par vous. Je pourrais facilement lui trouver une place dans l'agenda, non ?

Mme Surrugue me jeta un regard interrogatif. Je secouai négativement la tête.

— Non, ça n'ira pas. Vous serez gentille de lui demander de chercher de l'aide ailleurs.

Le jour où je me retirerais, j'aurais exercé pendant près d'un demi-siècle et cela suffisait largement. Une nouvelle patiente était la dernière chose dont j'avais besoin.

Mme Surrugue me regarda encore un instant, puis poursuivit le résumé de la journée sans revenir sur le sujet.

— Merci, c'est parfait, dis-je en prenant la pile de dossiers, après quoi je gagnai mon cabinet.

Il était situé tout à fait à l'autre bout du vaste bureau d'accueil où régnait Mme Surrugue et où les patients pouvaient s'asseoir en attendant leur tour ; de sorte que ni le cliquettement de la machine à écrire ni d'éventuelles conversations entre elle et les patients ne risquaient de me déranger dans mon travail.

La première patiente, une femme sèche comme une trique nommée Mme Gainsbourg, venait d'arriver et feuilletait un des magazines que Mme Surrugue apportait de temps à autre. Je soupirai un peu trop profondément et me remémorai qu'après elle ne m'attendaient plus que 753 entretiens.

La journée se déroula sans accroc jusqu'à ce que je revienne au bureau après le déjeuner. Là, je faillis heurter une femme brune mortellement pâle qui se tenait juste derrière la porte, et je lui présentai des excuses pour ma maladresse. La femme était d'une minceur frappante et ses yeux immenses dans son visage pointu.

— Ce n'est rien, c'est moi qui suis dans le passage, dit-elle en s'avançant dans la pièce. Je suis venue demander un rendez-vous.

Elle parlait avec un accent particulier et je compris que cela devait être la femme allemande. Elle serrait contre sa poitrine un dossier avec le logo de Saint-Stéphane.

— Je crains que cela ne soit pas possible, répondis-je.

La femme fit un pas rapide vers moi et me dit de façon pressante :

— C'est très important que j'obtienne un rendez-vous. Je suis désolée de déranger, mais je n'ai aucun autre endroit où aller. Soyez gentil de m'aider.

Je reculai involontairement. Ses yeux bruns brillaient, comme si elle avait de la fièvre, et son regard était si intense que j'avais la sensation d'avoir été agrippé. Il était évident que cela exigerait une lutte de se débarrasser d'elle, et je n'en avais ni le temps ni les forces en ce moment. Je fis un geste vers Mme Surrugue et tentai de me forcer à sourire gentiment.

— Si vous voulez bien me suivre, dis-je en contournant la femme, ma secrétaire va vous expliquer les circonstances exactes.

C'était la faute de Mme Surrugue si cette dame s'était présentée ici et il lui revenait donc aussi de la renvoyer. Je réussis à passer devant la femme, qui heureusement me suivit jusqu'au bureau, où je la plantai devant Mme Surrugue, à qui j'adressai un regard éloquent. Ma secrétaire leva le sourcil gauche de quelques millimètres.

— Veuillez avoir l'amabilité de reprendre la main, Mme Surrugue, la priai-je, puis j'esquissai un hochement de tête rigide en guise d'adieu et me dépêchai de me mettre en sécurité dans mon bureau.

Néanmoins, l'image de la femme pâle demeurait, et le reste de la journée, ce fut comme si une trace de son parfum était restée suspendue dans l'air et tourbillonnait comme de la poussière chaque fois que j'ouvrais ma porte.

Bruit

Le temps s'écoulait en moi comme l'eau au travers d'un filtre rouillé que personne ne se décide à changer. Ainsi, par un après-midi pluvieux d'un gris de plomb, j'avais parlé sans l'ombre d'un engagement avec sept patients, et il ne m'en restait plus qu'une seule avant de pouvoir rentrer à la maison.

Avant d'accompagner Mme Almeida dans mon cabinet, je jetai un coup d'œil vers ma secrétaire. Elle était tout à fait immobile derrière son bureau impeccablement rangé et fixait la surface de bois. La lampe d'architecte projetait son ombre pétrifiée sur le mur derrière elle, et elle avait l'air si perdue que je me demandai un instant s'il ne fallait pas que je lui dise quelque chose. Mais quoi ? Je me contentai de refermer la porte et me tournai vers ma patiente.

Mme Almeida, qui me dépassait presque d'une tête et me faisait par conséquent toujours une certaine impression, se débarrassa avec frénésie de son parapluie et de sa gabardine et s'assit sur le divan. Elle lissa sa jupe couleur caca d'oie et me lança un regard de reproche à travers ses petites lunettes en équilibre au bout de son nez crochu.

— J'ai passé une semaine horrible, docteur, je m'excite tellement, proclama-t-elle en s'allongeant. Ce sont mes nerfs, je vous l'assure, et je l'ai dit aussi à Bernard. Bernard, lui ai-je dit, tu me rends nerveuse à rester assis comme ça toute la journée dans ton fauteuil !

Mme Almeida était toujours nerveuse, et dans son existence ne figurait aucune période heureuse. Elle semblait ne tirer aucun bénéfice de la thérapie et en dépit de cela, elle débarquait fidèlement deux fois par semaine et me semonçait. L'idée même d'une meilleure vie semblait l'exaspérer et, franchement, il était difficile de comprendre pourquoi elle venait. En général, je la laissais simplement parler, mais de temps à autre, je glissais une remarque ou tentais une interprétation, qu'elle ignorait totalement.

— ... et puis elle m'a dit que je lui devais trois francs de la semaine passée, imaginez-vous, quelle insolence ! Ça m'a fait comme un coup à la poitrine, j'ai failli me trouver mal là, au milieu de la boutique, alors j'ai quand même dit...

De nombreuses années d'entraînement m'aidaient à grommeler aux bons endroits sans vraiment écouter et, avec un peu de chance, je n'aurais pas retenu un seul mot lorsqu'elle repartirait. Je baissai les yeux et vis que, de pure frustration, j'avais transpercé le papier de la pointe de mon crayon. À la place, je commençai une de mes caricatures d'oiseau.

— Parce que même si j'ai les nerfs fragiles, je ne supporte pas les insolences, c'est moi qui vous le dis ! cria presque Mme Almeida.

Dehors, il pleuvait à présent si violemment qu'il était impossible de voir autre chose par les fenêtres que des contours flous, et par malheur, le battement des gouttes contre les carreaux encourageait ma patiente à parler encore plus fort que d'habitude. Mais apparemment, je dois me faire aux banalités, pensai-je avec résignation en portant mon attention sur un endroit de son crâne qui semblait suspicieusement peu garni. Cela me réjouissait qu'elle soit peut-être en train de devenir chauve et que, dans ce cas, je l'aurais su bien avant elle, et j'ajoutai immédiatement ce détail à mon dessin. Je l'imaginais captant un jour un aperçu d'elle-même de derrière, dans le reflet entre un miroir et un carreau, j'imaginais ses gros doigts fouillant fébrilement, repoussant ses cheveux et découvrant le cuir chevelu, tandis qu'elle criait : « Bernard ! Pourquoi n'as-tu rien dit, Bernard ? » Et ainsi, d'une façon ou d'une autre, passa une heure de vie. Mme Almeida me remercia pour l'entretien et je lui tins la porte, tout en retournant soigneusement le carnet pour qu'elle ne voie pas l'autruche chauve.

Encore 688 consultations. À cet instant, j'avais le sentiment que c'étaient 688 de trop.

Nota bene

Un matin, quelques jours plus tard, je dus interrompre Mme Surrugue dans sa présentation de l'agenda du jour :

— Attendez, que dites-vous ? La femme allemande a quand même obtenu un rendez-vous ?

Elle inclina la tête d'un unique et ferme hochement.

— Oui, elle s'est montrée très persévérante, je dois dire. Elle est fermement décidée à entreprendre une thérapie et a, semble-t-il, entendu dire du bien de vous.

Je soufflai. Depuis quand était-ce devenu concevable de contester mes instructions ?

— Je lui ai expliqué que vous ne seriez plus là dans six mois. Elle l'admettait tout à fait, et alors j'ai pensé que ce serait idiot de dire non.

Elle avait raison. Si la femme allemande voulait vraiment se contenter de cinq mois, l'éthique n'interdisait pas de la prendre, et je devais me réjouir de gagner un peu plus d'argent. Cependant, mon irritation ne cédait pas. Comment Mme Surrugue se permettait-elle d'aller à l'encontre de mon souhait exprès de ne pas introduire une nouvelle personne dans cette vie que j'essayais de vider ?

Mais la femme, qui apparemment s'appelait Agathe Zimmermann, avait donc obtenu un rendez-vous le lendemain à quinze heures, et je n'y pouvais rien changer.

Quand le dernier patient du jour eut quitté le cabinet, je rejoignis Mme Surrugue, qui était en train de rassembler ses affaires. Elle me regarda comme si elle cherchait quelque chose et me demanda si la journée avait été dure. Je haussai les épaules et dis qu'elle avait été comme tant d'autres auparavant. Au fond, j'étais toujours fâché contre elle, mais j'attendis quand même qu'elle ait mis sa veste afin de lui tenir la porte.

— Merci, dit-elle et elle sortit dans la bruine presque imperceptible.

Je hochai la tête et fermai à clef derrière nous.

— Merci à vous. Bonne soirée.

— Bonne soirée, monsieur. À demain.

En revenant chez moi, mes jambes tiraient dans deux directions différentes. L'une, m'imaginai-je, voulait revenir à la maison, où je pourrais manger un peu de pain, m'asseoir dans mon bon fauteuil, poser mes pieds sur le repose-pieds et écouter Bach en laissant venir la nuit ; l'autre était impatiente et me rappelait le temps où, enfant, j'étais en pleine croissance. Mes genoux me faisaient si mal que je pleurais, mais mon père, levant à peine les yeux du tableau auquel il travaillait, m'avait dit : « Tu grandis, tu deviens adulte. Ça passera. »

Peut-être ma jambe rêvait-elle d'ailleurs. Elle n'avait jamais été plus loin que Paris, n'avait jamais traversé une frontière. À présent, j'étais devenu si vieux que cela n'arriverait jamais, et la douleur était permanente.

Quoi qu'il en soit, en fin de compte c'était moi qui décidai de la direction, et je traversai la fraîcheur du soir de mon pas boiteux jusqu'à atteindre le portail du 9, rue des Rosettes. La rue sentait de façon insistante la terre nouvellement creusée ; plusieurs de mes voisins avaient fait des parterres de fleurs et passaient des heures à semer des graines et à éliminer les mauvaises herbes. Moi-même, je cultivais des îlots obstinés de mousse qui poussaient comme des ronds dans la mer d'herbes folles.

Après le repas, quand les doux mouvements des violons emplirent la pièce autour de moi comme du coton, je fus pris dans une suite de pensées qui s'imposait de plus en plus souvent. Et même si je la reconnaissais et que je savais combien je me sentirais mal, je la laissai venir. D'une manière ou d'une autre, au fond, je souhaitais être assis là tout seul et me prendre en pitié. Pourquoi, c'est ainsi même que cela commençait toujours, n'y avait-il personne qui vous disait ce qui arrivait au corps quand on vieillissait ? Qui vous parlait des articulations douloureuses, de la peau excédante et de l'invisibilité ? Vieillir, pensai-je, pendant que l'amertume se déversait, consistait surtout à observer comment la différence entre son moi et son corps grandissait et grandissait jusqu'à ce qu'un jour on soit complètement étranger à soi-même. Qu'y avait-il là de beau ou de naturel ?

Et, alors que le disque se terminait et que le silence me laissait solitaire dans la pièce, vint le coup de grâce : il n'y avait aucune issue. Il me fallait vivre dans cette prison grise et traîtresse jusqu'à ce qu'elle me tue.

Saint-Stéphane,
Montpellier, le 21 juin 1935

Sujet Agathe Zimmermann

Quasiment aucun contact n'a pu être établi depuis son hospitalisation ce matin, raison pour laquelle ces notes sont en partie basées sur ses anciens dossiers.

Antécédents

Femme allemande, vingt-cinq ans, mariée, arrivée en France en 1929 pour ses études. Connue pour conduite autodestructrice ainsi que tentatives de suicide à quinze ans et suivie régulièrement par un médecin local, Dr Weinrich, durant son enfance.

La patiente est d'une famille aisée, père, mère et petite sœur de deux ans de moins qu'elle. Aucune souffrance mentale dans la famille, à l'exception d'une tante du côté paternel qui a passé la majorité de sa vie d'adulte dans un asile de Vienne. Père aveugle, mais travailleur indépendant, mère au foyer.

Aujourd'hui

La patiente est hospitalisée ce jour
après avoir consulté son médecin pour raison
de grande tristesse et d'idées suicidaires.
S'oppose cependant à l'hospitalisation.
Apparaît hystérique et dramatique, et a été mise
sous camisole de force. La patiente est pâle,
sous-alimentée et a des écorchures sur le visage.
De plus, touffes de cheveux manquantes.

La patiente est difficilement contactable,
mais crie et pleure lorsqu'on la laisse seule.

Allergies : aucune connue.

Procédure à suivre

Une psychose (dém. précoce) doit être envisagée,
la patiente reste en observation quelques jours.
Prescription d'éther selon les besoins
ainsi qu'hydrate de chloral, 20 mg la nuit.

Médecin de secteur Dr Durand.

Agathe 1

— Ainsi, nous nous revoyons. Entrez, Mme Zimmermann, la saluai-je en serrant sa main bien trop froide.

Elle portait une jupe brune et une blouse noire informe à col roulé qui semblait trop grande d'au moins deux tailles pour son maigre corps. Le regard intense de l'autre jour avait disparu, et en cet instant, il semblait difficile de comprendre comment elle avait vaincu à la fois le Dr Durand et Mme Surrugue. Peut-être parviendrais-je tout de même à m'en débarrasser ?

— Vous pouvez prendre place sur le divan et vous mettre à l'aise.

Je fis un geste vers le canapé vert et m'installai dans le profond fauteuil de cuir, dont l'assise brune était si usée qu'elle paraissait noire à certains endroits.

— Merci, mais tout d'abord, il faut que vous me promettiez de cesser de m'appeler Mme Zimmermann. Appelez-moi Agathe, je vous en prie.

Il n'était pas d'usage d'appeler les femmes mariées par leur prénom, mais cela ne pouvait pas faire de mal de le lui concéder.

— Comme vous voulez.

Elle eut un bref sourire et jeta un coup d'œil autour de la pièce qui, outre le divan et le fauteuil, se composait d'un bureau avec chaise assortie et de deux hautes étagères remplies de livres que j'avais autrefois collectionnés et lus avec une grande ferveur. Puis elle s'assit prudemment, se tourna et finit par s'allonger sur le dos.

— Bien. Au fond, je vais commencer par vous proposer une nouvelle fois de chercher de l'aide ailleurs, débutai-je. Comme vous le savez, je me retire dans moins de six mois et, pour être honnête, je ne pourrai pas vous guérir en si peu de temps. Vous auriez tout intérêt à trouver quelqu'un qui pourra vous suivre jusqu'au bout, peut-être un médecin à Paris.

Agathe se rassit brusquement et s'exclama :

— Pas question ! Je ne veux ni être hospitalisée ni prendre des médicaments ; je veux seulement parler à quelqu'un et j'ai décidé que ce serait vous.

Elle avança le menton et me fixa droit dans les yeux avec un regard qui disait qu'il me faudrait la traîner hors de la pièce par les cheveux si je voulais me débarrasser d'elle. Je soupirai et approuvai d'un hochement de tête.

— Si c'est vraiment ce que vous voulez.

— Ça l'est.

— Parfait. Si cela s'avère nécessaire, je vous recommanderai à l'un de mes collègues lorsque notre temps ensemble aura pris fin.

Elle haussa les épaules, comme si cela lui était totalement indifférent, et se rallongea. Elle s'essuya d'un geste rapide sous le nez. Puis elle resta tranquille.

— Alors je proposerais, poursuivis-je, que pour commencer nous nous voyions deux fois par semaine, chaque mardi à quinze heures et chaque vendredi à seize heures, une heure chaque fois. Mes honoraires sont de trente francs l'heure. Si vous avez un empêchement, je vous saurais gré de me le faire savoir, mais quoi qu'il en soit, je vous facturerai toutes les heures jusqu'à ce que vous choisissiez de ne plus venir.

Elle hocha la tête. De nouveau, je perçus l'odeur de son parfum comme une note épicée qui de temps à autre atteignait mes narines. Que me rappelait-elle ?

— Bon. Il faut que vous sachiez que vous pouvez me parler sans crainte de tout ce qui remue en vous. Les non-dits et les mensonges ne font que retarder le processus, et rien de ce dont nous parlons ici ne quittera jamais cette pièce.

Comme toujours, je terminai mon petit monologue par une phrase dont l'intention était d'inviter le patient dans la conversation :

— Et maintenant, j'aimerais en savoir un peu plus sur ce qui vous fait souffrir.

Agathe hésita et plissa légèrement les yeux.

— Je suis venue, dit-elle alors avec son accent particulier et une application qui faisait nettement ressortir chaque syllabe, parce que j'ai de nouveau perdu l'envie de vivre. Je ne nourris aucune illusion d'aller bien, j'aimerais simplement pouvoir fonctionner.

J'avais apparemment à faire ici à quelque chose d'aussi exceptionnel qu'une personne qui ne demandait pas de miracles. La plupart de mes patients souhaitaient de l'aide pour vivre des vies heureuses, sans problèmes, mais ce n'était pas là une marchandise que j'avais en stock.

— Et qu'est-ce qui vous empêche de fonctionner ? lui demandai-je.

Agathe commença par me parler de ses symptômes. Elle avait des migraines et de l'eczéma, elle pleurait souvent, et il lui arrivait d'avoir de soudaines et violentes crises de rage. Soit elle dormait trop, soit pas du tout, et elle ne parvenait plus à assumer son travail en ville comme assistante d'un expert-comptable. Après un arrêt maladie quelques semaines plus tôt, elle avait passé la plupart de ses journées à pleurer, à crier après son mari Julian ou à rester couchée en chien de fusil dans son lit. J'écoutais distraitement ses plaintes, tout en essayant de me rappeler quelle était cette odeur.

— Parfois, dit-elle d'un ton rêveur, je fantasme que je me griffe jusqu'au sang ou que je me défigure à tel point que plus personne ne me reconnaît.

La différence entre ses mots violents et sa totale absence de mimique était frappante.

— Oui ?

— J'ai une telle envie de gommer mon visage ; je ne le mérite pas.

— Souhaitez-vous en changer ? demandai-je.

Elle secoua la tête.

— Non. Je veux seulement être effacée.

Je fis une courte annotation sur mon carnet et soupirai de nouveau. C'était comme je l'avais prévu ; elle était gravement malade et il me serait impossible de l'aider durant les quelques mois qui me restaient. Je maudis ma secrétaire insubordonnée ; à cause d'elle, je me trouvais lié à une femme têtue, mentalement déséquilibrée, qui s'était visiblement mis en tête que je pouvais la sauver d'elle-même.

— Je comprends, dis-je malgré tout, et je ferai de mon mieux pour vous aider. Terminons-en là pour aujourd'hui, et nous nous reverrons vendredi à seize heures.

— Merci, docteur, dit Agathe gravement en me serrant la main pour prendre congé, cela signifie beaucoup pour moi.

SAINT-STÉPHANE,
MONTPELLIER, LE 20 AOÛT 1935

SUJET AGATHE ZIMMERMANN

La patiente a été empêchée à 8 h 12
de commettre un suicide avec lame de rasoir.

Incertitude sur la manière dont
elle se l'est procurée.
A eu le temps de se couper au poignet
droit avant que l'infirmière Linée la trouve.
Huit points de suture avec fil de soie,
à retirer d'ici dix à quinze jours.

Actuellement sous camisole et doit y rester
jusqu'à ce qu'elle retrouve le calme.

La patiente a été soignée d'abord avec de l'éther,
puis ECT depuis son hospitalisation le 21 juin.
Semble pleurer moins, mais apparaît la plupart
du temps apathique et absente au contact,
à part quelques crises hystériques.
Pas de symptômes psychotiques évidents,
l'observation va plutôt dans le sens
d'une souffrance maniaco-dépressive.

Procédure à suivre

Continuer le traitement ECT ainsi que l'éther la nuit et lors de crises. Pas de sorties ni de visites, et maintien sous camisole mis à part pour repas surveillés. Si la patiente persiste dans son régime anorexique, passer à l'alimentation forcée.

Médecin de secteur Dr Durand.

Danse de voisinage

Mon voisin jouait du piano. Pas souvent et toujours le même morceau inhabile, comme si en réalité il ne savait pas jouer, mais avait appris cette unique mélodie par cœur. Elle m'était inconnue, cependant je m'y étais attaché avec le temps et je m'étais plusieurs fois surpris à l'accompagner en fredonnant lorsque je rangeais après le repas ou faisais bouillir de l'eau pour le thé.

Après une journée particulièrement longue et insignifiante au cabinet, je m'endormis tôt dans mon fauteuil, doucement bercé par son lent pianotage de l'autre côté de ce genre de murs qui certes séparent, mais introduisent aussi une certaine proximité. Car nous nous connaissions, lui et moi. Nous avions vécu côte à côte pendant tant d'années que tous les petits bruits étaient des routines que nous suivions sans y penser – maintenant il était l'heure de l'obligatoire dernier passage aux toilettes avant la nuit, maintenant il se réveillait et se préparait à aller à l'église. Un moment, il était de très bonne humeur, puis triste et vide ; tout cela, m'imaginai-je, je l'entendais à la façon dont il déplaçait ses doigts sur les touches ainsi que dans les pauses entre ses signes de vie. Une fois, une fin de semaine entière s'écoula sans que j'entende un seul bruit venant de chez lui, et je me sentis devenir de plus en plus inquiet. Ce qui m'effrayait le plus était bien sûr d'être bientôt contraint d'aller frapper à sa porte, et ce fut un énorme soulagement d'entendre enfin une porte se fermer et de comprendre qu'il vivait encore.

Je doutais d'être capable de le reconnaître, si je le croisais dans la rue. La plupart du temps, j'étais plongé dans mes pensées, mais même si j'avais essayé d'être attentif, je n'aurais pas su quoi repérer. Était-il grand ou petit ? Avait-il encore ses cheveux ? Je l'ignorais. En revanche, son rythme, sa déambulation dans la vie, je les connaissais et les reconnaissais. Je ressentais avec lui une proximité et, même si je ne pouvais pas le savoir, j'étais sûr qu'il en était de même pour lui. Quand je laissais tomber une tasse sur le carrelage de la cuisine ou qu'exceptionnellement je me mettais à chanter, je pensais à lui. Peut-être se tenait-il de l'autre côté à m'écouter, la tête penchée. Peut-être un jour viendrait-il frapper à ma porte et me raconter qui j'étais.

Oui, c'était vraiment ainsi que je pensais. Et cela semble peut-être bizarre, car je suis conscient d'apparaître comme un homme solitaire, mais je ne m'étais jamais demandé s'il pouvait devenir autre chose qu'un ami invisible. Pourquoi donc aurions-nous quelque chose en commun dans la vraie vie ? Nous jouions les rôles qui nous avaient été attribués : deux personnes habitant par hasard au même endroit d'une ville, au milieu de vingt mille autres qui pour la plupart étaient étrangères les unes aux autres.

Je n'avais jamais été le genre d'homme à rompre un mouvement amorcé, et même s'il n'y avait que douze mètres du portail de son jardin au mien, c'était là un détour que je ne ferais jamais.

Agathe 2

— C'est comme si je me trimballais avec une de ces valises, vous voyez de quoi je parle, une de ces petites valises dans lesquelles les filles mettent leurs jouets ?

Je grommelai affirmativement.

— Elle est fermée, et je la serre contre moi et veille à ce qu'elle ne s'ouvre pas. Les gens autour de moi la voient et s'imaginent qu'elle contient toutes sortes de choses – du savoir, de bonnes dispositions, des talents, ce genre de choses, et tant qu'elle est fermée, personne ne connaît la vérité. Mais soudain, je trébuche et perds la valise, qui s'ouvre, et à cet instant ça devient terriblement évident pour tout le monde ! La valise est vide ; il n'y a absolument rien dedans !

Agathe était allongée sur le dos, les mains jointes sous sa poitrine, et ses yeux étaient écarquillés pendant qu'elle parlait. De ma place en biais derrière elle, je pouvais étudier le moindre de ses mouvements, tout en étant moi-même agréablement caché. Ses cils noirs vibraient un peu, sa poitrine se soulevait et s'abaissait rythmiquement, mais sinon, il n'y avait aucun mouvement. Sa voix était timbrée et fluide.

— Hmm, grommelai-je.

Cet humble son, qui n'exigeait rien, suffisait en général amplement à faire parler les patients.

— C'est terrible !

La force de sa voix s'accrut.

— Je me sens comme un traître qui, à chaque instant, peut être dévoilé. La question est seulement par qui et quand. Alors je reste au lit chez moi, et soudain une semaine entière est passée.

Je réfléchis à mes possibilités. La laisser continuer à parler, poser une question ou faire une intervention. Comme je ne trouvais rien de raisonnable à dire, je demandai :

— N'y a-t-il personne qui connaisse le contenu de votre valise ? Votre mari, par exemple ?

— Julian et moi avons une relation compliquée.

— Ah bon.

Je tentai une autre voie :

— Que se passerait-il si vous ouvriez vous-même votre valise ou que vous la laissiez tout simplement chez vous et sortiez telle que vous êtes ?

Elle rit, mais c'était un son plat, compressé, qui n'avait rien à voir avec de la joie.

— Alors je peux aussi bien disparaître, docteur. Cette valise, c'est tout ce que j'ai !

Tout ce bavardage autour des valises était fatigant, mes genoux me faisaient mal et je sentais une pression sur mes tempes. Prudemment, pour ne pas déranger Agathe, j'étendis et repliai plusieurs fois mes jambes. Cela aida. Encore dix-sept minutes et je pourrais fermer la porte derrière elle et me réjouir des chiffres du jour, qui avec une détermination sécurisante tendaient vers zéro.

— Parlez-moi un peu plus de ce que les gens croient que vous cachez dans la valise, Agathe, lui demandai-je, l'esprit ailleurs, tout en ajoutant les contours d'une aile brisée au moineau ébouriffé sur mon carnet.

Nénuphars

L'une des pires choses dans mon métier était de parler avec des personnes ayant perdu un proche. Je préférais de loin un état grave d'angoisse ou les suites d'une enfance désagréable ; les décès, il n'y avait rien à y faire, et je ne savais jamais comment me comporter avec des patients dans le chagrin.

Néanmoins, lorsqu'on exerce durant un demi-siècle, il est impossible d'y échapper et, un jour, M. Ansell-Henry arriva pour la première fois en retard à l'un de ses rendez-vous. Ansell-Henry souffrait de pensées obsessionnelles et habituellement, il n'y avait rien à redire de sa personne – il arrivait et repartait à l'heure, il répondait aux questions qu'on lui posait, et son costume impeccable, taillé sur mesure, était un prolongement logique de son corps rigide. Mais pas ce jour-là.

— Excusez-moi, docteur, murmura-t-il lorsque, avec presque vingt minutes de retard, il se traîna dans le cabinet et s'affala sur le divan.

— Entrez donc, monsieur, j'avais presque renoncé à vous voir aujourd'hui, répondis-je en me demandant si Ansell-Henry était malade.

Il avait l'air de s'être à peine réveillé et d'être venu dans les habits avec lesquels il avait dormi, et il était évident qu'il ne s'était ni coiffé ni rasé. Au même moment, il se mit à sangloter.

— Qu'est-il donc arrivé ? demandai-je, mais il se contenta de secouer la tête et d'enfouir son visage dans ses mains.

Des saccades incontrôlées secouaient son corps. Je jetai un regard sur lui, puis sur la porte fermée, saisi d'une grande envie d'appeler Mme Surrugue. Elle saurait quoi faire ; cela était visiblement un cas qui requérait les soins d'une femme plutôt qu'une analyse clinique. Pour faire quelque chose malgré tout, je me levai et pris un mouchoir dans la boîte en bois sur l'étagère.

Puis je me raclai la gorge et dis :

— Je vois que vous allez mal. Pourtant, il va falloir que vous me racontiez ce qu'il s'est passé pour que je puisse vous aider.

D'abord, je crus qu'il ne répondrait pas, puis il leva un peu la tête.

— Marine est morte, hoqueta-t-il entre ses respirations entrecoupées, elle est morte hier.

Marine était la femme d'Ansell-Henry et l'unique personne au monde qu'il aimait. Face à toute autre personne, il était hyper correct et guindé. Elle seule était parvenue, d'une façon ou d'une autre, à percer sa carapace.

Mon patient se redressa, accepta le mouchoir, s'essuya les yeux et pour finir, se moucha violemment. Puis il cligna des yeux, un peu désorienté, et me regarda pour la première fois vraiment. Je lui rendis son regard sans savoir quoi dire. Que désirait-il de moi ? Mes mains étaient comme des animaux inquiets sur mes genoux. Je saisis durement ma main gauche avec ma droite et serrai.

— Cela me fait mal, dis-je.

Il hocha la tête, mais ne me quitta pas du regard. Voyait-il combien je luttais ? Était-ce à ce point évident que j'ignorais totalement comment l'aider ?

— Il est bien connu que, dans des périodes de grand chagrin comme celui qui vous frappe maintenant, on peut régresser à des stades antérieurs, commençai-je, et je sentis que je parlais de plus en plus vite. Peut-être vivrez-vous une colère plus grande que d'habitude, ou perdrez-vous pour un temps l'intérêt pour vos occupations quotidiennes. C'est tout à fait naturel et vous ne devez pas en avoir peur. Cela passe.

Je lui jetai ce que j'espérais être un regard réconfortant.

— Tout cela passe.

Ansell-Henry fronça les sourcils. Je ne pus plus soutenir le contact de ses yeux et regardai à la place mon carnet en y inscrivant quelques mots fortuits.

— Ma femme doit être enterrée dans trois jours. La seule personne que j'aie jamais aimée est morte.

Sa voix, grosse de larmes, se cassa.

— Et vous me dites que cela va passer ?

Ma bouche devint soudain si sèche qu'il m'était difficile de détacher ma langue du palais.

— Ce n'était pas le sens de mes paroles, me forçai-je à dire. Je suis évidemment terriblement peiné par votre perte, monsieur.

Rien d'autre ne me vint. J'écartai les bras.

— Puis-je vous proposer de remettre cet entretien jusqu'à ce que vous soyez de nouveau prêt ?

Le mouchoir chiffonné qu'il avait jeté sur la table avant de partir se déplia lentement. Je suivis des yeux le mouvement tandis que les minutes passaient et, pour une raison ou une autre, je fus incapable de m'arracher à l'instant. Même lorsque le mouchoir s'immobilisa, tel un nénuphar solitaire sur la surface d'acajou lisse, je demeurai assis.

Agathe 3

Je respirai à fond plusieurs fois, tournai la tête de droite à gauche et roulai un peu des épaules pour faire circuler le sang. Je me raidissais souvent du côté gauche du corps, celui orienté vers la fenêtre.

Puis j'ouvris la porte.

— Bonjour, Agathe, entrez.

Elle semblait légèrement essoufflée ; elle arrivait souvent au dernier moment et n'avait pas même le temps de s'asseoir dans la salle d'attente avant que je l'appelle.

— Merci, docteur.

Après avoir accroché son manteau et s'être défaite d'une grande écharpe tricotée, elle s'allongea sur le divan. Elle portait ce jour-là une robe violette et des ballerines, et ses cheveux sombres détachés retombaient sur ses épaules. La frange courte lui donnait un air plus jeune qu'elle ne l'était et, telle qu'elle était couchée là, les mains jointes sur le ventre, elle me rappelait la petite fille d'un conte que j'avais lu autrefois.

Quelques semaines auparavant, je lui avais demandé de noter tous ses rêves et elle se mit d'elle-même à raconter le dernier :

— Un homme que je ne connaissais pas voulait me faire regarder dans des jumelles qu'il avait apportées. D'abord, l'image était floue, mais quand j'ai tourné un peu, c'est apparu clairement. Il y avait des intestins, des poumons, le cœur, toutes sortes d'organes. Les jumelles étaient à l'intérieur de moi, vous comprenez.

Elle n'avait quasiment pas mentionné sa famille durant les heures que nous avions passées ensemble. Et mon impression que nous en étions là fut confirmée immédiatement après.

— À quoi pensez-vous quand je dis « jumelles » ? lui demandai-je.

— À mon père.

— Et pourquoi ?

— Mon père était aveugle. Il était si habile de ses mains qu'il était capable de réparer des montres et faire fonctionner divers objets, même s'il n'avait jamais vu à quoi ils ressemblaient. Il avait un petit atelier et les gens lui apportaient des appareils qui étaient tombés en panne et lui décrivaient comment ils étaient et ce qu'ils étaient censés faire. Alors il s'installait devant ses bols et ses boîtes contenant les pièces détachées et, en fonction de la complexité de la réparation, ça lui prenait des jours ou des semaines. À la fin, ça marchait à la perfection.

Elle eut un sourire comme tiré vers le bas.

— Un jour, il reçut une montre d'une femme qui venait de Suisse. Une très belle montre gousset en or. Elle était tombée en panne au bout de vingt ans, et cela lui prit cinq semaines pour la faire marcher de nouveau. Les pièces étaient si petites que je n'arrivais presque pas à les attraper avec les doigts, mais lui avait des sortes de pincettes...

Sa voix s'étiola.

— Et les jumelles du rêve seraient donc une référence à la vision qui lui manquait ?

— Pas directement, non. Mes parents ont attendu très longtemps avant de m'avoir. Ils avaient peur que son handicap soit héréditaire et que je sois moi aussi aveugle, puis finalement ils en ont parlé avec un médecin qui pensait que ce ne serait pas le cas. Alors ma mère tomba enceinte. Ils furent tellement soulagés quand les médecins purent confirmer que mes yeux fonctionnaient parfaitement ! Et mon père me donna en cadeau de baptême des jumelles gravées d'une inscription.

— Qui disait ?

— *Für Agathe, meinen Augapfel.*

Ces sons étranges ne me disaient rien, mais l'accentuation appliquée de chacune des lettres, même des finales, correspondait parfaitement à Agathe. Son nom sonnait différemment en allemand et je me demandai si cela l'affectait peut-être de l'entendre toujours mal prononcé. *Agathe* ; je fus tenté de le dire à haute voix, exactement comme elle l'avait prononcé, mais j'en ravalai l'envie.

— Ça signifie quelque chose comme « la pomme de mes yeux », expliqua-t-elle.

— Ou la prunelle de mes yeux, peut-être, proposai-je.

Et je constatai :

— Et ici, chez moi, vous devez braquer les jumelles sur vous-même.

À la seconde même, je réalisai à quoi son parfum me faisait penser. Aux pommes au four à la cannelle, telles que ma mère avait l'habitude de les préparer.

Entre nous

Le chiffre du jour était 529 et je me réveillai à 6 h 25, le cœur battant et un fourmillement dans la jambe gauche. Je crus d'abord avoir dormi dans une mauvaise position, mais cela ne cessa pas lorsque je fis un tour dans le salon. C'est aussi à cause de ce manque de place, pensai-je avec irritation quand ma hanche heurta la table. Et si je tombais ici ? Combien de temps se passerait-il au fond avant que quelqu'un me trouve ? J'avais une terrible envie de prendre mon pouls, mais je savais que cela ne ferait que tout empirer et au lieu de cela, je me tranquillisai en me disant que si je mourais d'un arrêt cardiaque maintenant, au moins tout serait terminé. Et alors cela me serait totalement égal que l'on me trouve ou non.

Cela aida et, une demi-heure après, je refermai la porte derrière moi. La serviette dans une main et la canne dans l'autre, je tournai le coin, traversai la rue Martin et poursuivis la descente. La rue semblait plus inclinée qu'à peine cinq ans auparavant. Ce sont de telles choses qu'on ne découvre qu'en vieillissant : les trottoirs sont irréguliers, les pavés, de travers, et l'on aurait dû accorder plus de prix à ses jambes du temps où elles fonctionnaient.

Ce jour-là, je fis un léger détour pour passer devant un café que j'avais des années durant utilisé comme décor pour un certain fantasme. Cela avait débuté une fois où, par hasard, j'avais vu un couple d'âge moyen assis à l'une des petites tables. Pour une raison ou une autre, j'étais resté debout dans la rue à les regarder, tandis qu'elle levait la main pour lui caresser la joue. Il s'était penché vers sa main et j'avais ressenti, exactement comme si c'était moi qui était assis là, la chaleur se transmettre de l'un à l'autre, rendant impossible de savoir qui était qui.

Depuis, c'était devenu une habitude de faire un crochet par le café et d'imaginer qu'un jour, ce serait moi qui serais assis là.

Aujourd'hui, il n'y avait que de très rares personnes attablées avec leur journal et leur café matinal et, après un bref regard d'investigation, je me dirigeai vers la clinique.

Lorsque j'arrivai, Mme Surrugue se leva de son bureau pour m'accueillir. Mais notre timing était décalé ; je lui tendis mon manteau, elle voulut prendre ma canne et, lorsque je voulus la lui donner, nos mains se heurtèrent. C'était déconcertant, car chaque mouvement avait au cours des années été réduit à son strict nécessaire et normalement, cela s'enchaînait sans que nous y accordions une pensée. J'évitai de la regarder, tout était bizarre, et je voulais vite me mettre en sécurité dans mon cabinet. Je pris la pile de dossiers avec un murmure pouvant signifier « merci » et je m'enfuis.

Heureusement, à la seconde même où je m'enfonçai dans le fauteuil, j'oubliai totalement Mme Surrugue. Je feuilletai un peu les notes, mais très vite, mes pensées dérivèrent. Imaginons un instant que la vie hors les murs se révèle aussi futile qu'à l'intérieur ; c'était tout à fait une possibilité. Combien de fois n'avais-je pas écouté les complaintes de mes patients et été heureux que leur vie ne soit pas la mienne ? Combien de fois n'avais-je pas froncé le nez devant leurs routines ou ne m'étais-je pas amusé en douce de leurs soucis ridicules ? Je réalisai que j'avais nourri l'idée que la vraie vie, la récompense de tout ce labeur, m'attendait quand je prendrais ma retraite. Mais assis là, j'étais fichtrement incapable de voir ce que cette vie contiendrait qui vaudrait la peine de s'en réjouir. Les seules choses dont je pouvais être certain, n'étaient-ce pas l'angoisse et la solitude ? Pathétique ! Je suis exactement comme eux, pensai-je, et je sortis pour accueillir la première patiente du jour avec un cognement dans la hanche et un chagrin vibrant sous les côtes.

Agathe 4

J'avais traité un certain nombre de patients maniaques au cours des années et ils avaient été instables, erratiques et même un rien psychotiques – une fois, j'avais parlé avec un homme qui avait joué toute sa fortune en trois jours de crise parce qu'il pensait avoir un don divin pour désigner le cheval gagnant.

Agathe était différente. Même si elle allait visiblement mal, elle se présentait fidèlement à tous les rendez-vous thérapeutiques et je la percevais surtout comme triste. Aussi avais-je commencé à me demander si le diagnostic de Saint-Stéphane était correct et, un jour, je me décidai à le lui demander directement.

— Agathe, vous êtes arrivée ici avec votre dossier et je me suis étonné d'une chose.

— Ah oui ? Moi, je me suis étonnée de beaucoup de choses, répondit-elle d'un ton acerbe. Par exemple, je ne comprends pas en quoi ça peut aider une personne malheureuse d'être attachée à un lit et de recevoir du courant dans le cerveau.

— En effet, avouai-je, puisque je n'avais jamais moi-même été favorable à l'électrothérapie ou aux chocs insuliniques, mais c'est un fait que cela produit de bons effets sur certains cas difficiles.

Elle haussa les épaules.

— Moi, en tout cas, ça ne m'a fait aucun bien.

— Ce qui m'étonne, expliquai-je, c'est le diagnostic. Cela fait maintenant deux bons mois que je parle avec vous et vous me semblez surtout dépressive. Avez-vous encore des épisodes maniaques ?

Agathe réfléchit un instant.

— Je ne suis pas sûre de ce que l'on désigne par maniaque. Mais j'ai de violentes crises de rage et, de temps à autre, je suis saisie d'une énergie particulière et alors je ne peux presque pas m'empêcher de me faire du mal. L'autre jour, je me suis fait ceci.

Elle souleva sa frange et dévoila une blessure, petite mais profonde, sur la tempe.

— Armoire, dit-elle.

— Idiot, dis-je laconiquement en pensant que le diagnostic, après tout, correspondait bien.

— Comme c'est utile que je vous paie d'aussi effroyables sommes d'argent pour pénétrer les coins les plus obscurs de mon esprit, docteur.

— Touché, dis-je, et je ne pus m'empêcher de sourire.

Lorsqu'elle fut partie, je me demandai si en réalité ce n'était pas moi qui étais en train de devenir bipolaire. Car même si je me disais toujours qu'Agathe représentait une charge et qu'elle n'aurait jamais dû venir, n'était-ce pas vrai que je commençais à prendre plaisir à nos entretiens ? Et, pour être tout à fait honnête, n'évitais-je pas d'aérer la pièce, les jours où elle était venue, pour retenir juste un peu plus longtemps l'odeur de pomme ?

28 AVRIL 1948

Bonjour, Monsieur,

Pour des raisons personnelles, je suis malheureusement obligée de m'absenter du travail pendant quelques semaines, peut-être plus longtemps. Les dossiers du jour sont prêts, et les autres, comme vous le savez, sont archivés selon l'année et le nom de famille derrière le bureau. Je le regrette énormément !

A. Surrugue

La lettre

Durant les trente-cinq années où elle avait travaillé pour moi, Mme Surrugue s'était mise en arrêt maladie deux fois. La première quand sa mère était morte, la seconde quand une grave pneumonie l'avait forcée à rester au lit quelques semaines. Ce fut donc avec une certaine inquiétude que je lus sa lettre. Que s'était-il donc passé ?

Le soleil printanier brillait avec insistance et l'air dans le bureau était renfermé et lourd. J'ouvris grand une fenêtre et pris la pile des dossiers du jour. La vaste pièce était étrangement vide sans ma secrétaire, car même si nous n'avions pas noué de lien amical voire même personnel au cours des années, elle était une partie aussi importante de mon lieu de travail que le divan ou mon fauteuil.

Les entretiens de la journée se déroulèrent sans qu'aucun de mes patients réussisse ni à me surprendre ni à m'intéresser. D'abord, la névrotique Mme Olive, qui astiquait tout son service chaque matin avant que le reste de la famille se lève. Ensuite, Mme Mauresmo, qui était si maltraitée par son mari qu'elle aurait dû le quitter depuis longtemps, mais qui transformait sa colère en honte avant même de la ressentir. Et, enfin, M. Bertrand, qui avait sans doute surtout besoin de quelqu'un à qui parler. Il était en son temps venu pour des douleurs de poitrine, et même si j'écoutais encore de temps en temps les battements de son cœur, nos entretiens tournaient surtout autour de ses difficultés à s'affirmer face à ses enfants.

J'étais assis dans mon fauteuil dans un état de quasi-transe et écoutais l'essence des récits de M. Bertrand quand un fracas se fit soudainement entendre dans la salle. Je m'excusai auprès de mon patient et me dépêchai d'aller voir ce qui se passait. Un vase avec des fleurs jaunes était renversé sur le grand bureau de Mme Surrugue et des papiers étaient étalés par terre – un instant passa avant que je comprenne ce qui était arrivé. La fenêtre laissée ouverte m'était tout à fait sortie de l'esprit et à présent le vent m'en punissait. Les patients en attente devaient aussi avoir été en plein courant d'air. Encore une fois, ma secrétaire me manqua. Je fermai la fenêtre et rangeai succintement, puis je retournai auprès de mon patient et conclus l'entretien sans tarder.

— Nous nous voyons dans une semaine, docteur.

M. Bertrand prononçait précisément ces mots-là chaque fois que nous terminions un entretien et, en réalité, tout était peut-être répétition lorsqu'on atteignait mon âge. 448, pensai-je dans une tentative pour me remonter le moral. Je n'avais plus que 448 fois à parler à ces gens que peu à peu je n'essayais même plus de comprendre.

Après la parade de la matinée, je parcourus les quelques pas jusqu'au Mon Goût. Le patron, dont j'ignorais le nom mais dont j'avais vu le visage vérolé cinq fois par semaine depuis que le restaurant avait ouvert, fit silencieusement un signe de tête vers ma table. Peu après, il m'apporta une grande assiette avec un sauté de pommes de terre et du jambon glacé.

Le Mon Goût n'était pas réputé pour son niveau élevé de service, mais le plat du jour était la plupart du temps excellent, et ma place, toujours libre. Pendant que je mettais du parmesan sur les pommes de terre puis que j'avalais mon déjeuner, je m'amusai à me rappeler quels plats se cachaient derrière les différents numéros sur le menu. Après avoir terminé le repas et l'avoir rincé comme d'habitude avec deux verres d'eau, j'en avais trouvé vingt-trois sur vingt-quatre.

Agathe 5

Elle arriva enfin, le souffle court et les joues rougies, et je me redressai dans mon fauteuil. Il n'y avait franchement aucune raison de paraître plus vieux que je ne l'étais.

— Bonjour, Agathe, entrez.

— Bonjour, docteur, répondit-elle, essoufflée, excusez mon retard.

Elle accrocha à la patère un manteau beige que je n'avais encore jamais vu et demanda :

— Dites-moi, au fond, qu'est devenue votre secrétaire ?

— Ma secrétaire est malheureusement empêchée de venir pendant un certain temps.

— Ah bon. Alors vous êtes seul, vous aussi ?

Elle eut un sourire conspirateur et je rebondis :

— Vous êtes donc seule, Agathe ?

Elle haussa les épaules, se repoussa un peu plus profondément sur le divan et s'allongea avec des mouvements délicats comme pour s'adapter à un moule qu'elle seule voyait.

— D'une façon ou d'une autre, je le suis, en tous cas. Il y a une certaine solitude dans le fait de ne pas vivre. Comme si on regardait les autres jouer alors qu'on a une jambe cassée.

Ce sentiment, je ne le connaissais que trop bien, mais heureusement j'étais assis dans le fauteuil tandis qu'elle était couchée sur le canapé.

— Agathe, vous parlez souvent comme si la vie était déjà terminée et que vous aviez tout gâché. Mais, à chaque instant, vous avez la possibilité de faire quelque chose dont vous pouvez être fière.

Il était difficile de ne pas être dégoûté par ma propre fiction. De quels choix pouvais-je être fier ? Quels grands projets avais-je formés pour mon existence de retraité ?

Agathe secoua la tête.

— Il est bien trop tard maintenant pour être admise dans une bonne école, et même si je savais ce que je voulais, je n'en aurais de toute façon pas les moyens. Si vraiment je pensais sérieusement au piano ou au chant, j'aurais dû faire quelque chose plus tôt. Je suis trop vieille maintenant, docteur.

Je m'imaginai quasiment voir l'absence d'espoir comme une épaisse brume entre nous, et je m'avançai légèrement dans le fauteuil pour maintenir le contact.

— Ce n'est pas vrai qu'il est trop tard, Agathe. Je crois que la vie consiste en une longue série de choix que nous sommes obligés de faire. Et ce n'est que lorsque nous refusons de prendre sur nous cette responsabilité que tout devient indifférent.

J'avais prononcé des variantes de ces lignes des centaines, peut-être même des milliers de fois, mais comme je n'avais pas d'expérience positive réelle avec laquelle remplir ces mots, ils restaient de pures abstractions. Malgré tout, j'espérais qu'Agathe puisse les employer à quelque chose. Elle était allongée là avec ses poignets marqués de cicatrices, transparente et fragile comme du verre, et même si je me sentais hypocrite, l'intention était bonne. De fait, je souhaitais vraiment l'aider et, d'une certaine façon, cela compliquait tout.

— J'entends bien ce que vous dites, docteur. Ne croyez-vous pas que j'ai essayé de me raconter la même chose ?

— Parfois, cela aide de l'entendre dire par quelqu'un d'autre, tentai-je.

— Peut-être. Je trouve aussi que j'essaie, mais la vie m'échappe tout le temps. Elle est juste là, si proche que je peux la sentir.

Elle regarda rêveusement devant elle.

— Mais je n'arrive tout simplement pas à découvrir comment on y entre.

Quand elle fut partie, à pas presque inaudibles, son parapluie rayé pendu lâchement à sa main, je réfléchis à ce qu'elle imaginait ce que cela signifiait de vivre. Vu de l'extérieur, c'était précisément ce qu'elle faisait. Son cœur battait, elle avait fait des études et fondé un foyer. Si Agathe ne vivait pas, qui donc le faisait ?

J'éteignis la lampe de table et traversai le bureau avec un souffle de fugacité dans les oreilles. Il était difficile de comprendre que bientôt je fermerais la porte pour toujours, et j'essayais de m'imaginer le médecin qui reprendrait la clinique après moi. Un jeune homme agile, plein d'énergie et de solutions rapides, sans doute. Serait-ce lui qui continuerait la cure avec Agathe ; qui finirait par la guérir ? C'était sûrement égoïste, mais dans ce cas, je préférais au fond qu'elle reste malade.

Je mis longtemps à remettre les dossiers en place, parce que cela me tranquillisait, puis je m'assis dans le fauteuil abandonné par Mme Surrugue, derrière sa machine à écrire. Dehors, la lumière déclinait.

Le miroir

Même si je faisais tout pour l'ignorer, il était difficile de passer outre : mon angoisse augmentait. Il m'arrivait de plus en plus souvent de me réveiller le cœur battant, avec le sentiment d'avoir la mort sur les talons, et cela déteignait bien entendu sur mon travail. Je commençais à douter de moi-même, et les interprétations que j'avais formulées tant et tant de fois me collaient au palais de sorte que, lorsque enfin je les recrachais, le timing devait être si désastreux que c'était un miracle que personne ne proteste. Mais les patients étaient trop bien élevés, trop centrés sur eux-mêmes, et j'en avais plein le dos de toute cette mascarade lorsque, enfin, le dernier visiteur de la semaine referma la porte derrière lui. Même le chiffre du jour n'arrivait pas à me consoler. Si au moins quelqu'un frappait du poing sur la table et me demandait ce que diable nous étions en train de faire, pensai-je en claquant la porte de l'armoire aux archives si fort que la clef tomba par terre. Heureusement que Mme Surrugue n'était pas là pour voir comment je traitais ses chers meubles.

Je pris une inspiration, retins mon souffle, puis expirai lourdement. Mes mains tremblaient légèrement, les voix des patients bourdonnaient dans ma tête et s'amassaient dans mes tempes en une cacophonie de plaintes. Était-ce vraiment possible que tous les êtres humains aillent aussi mal, ou bien ne voyais-je que les malheureux ? Existait-il des gens dans leurs petits foyers qui allaient se coucher satisfaits et savaient pourquoi se lever le lendemain ?

Je me rendis compte que j'avais oublié de déjeuner. Où le temps était-il passé, je n'en avais aucune idée, et j'eus un court instant mauvaise conscience d'avoir laissé attendre en vain mon restaurateur au visage vérolé. Puis la nausée prit le dessus, je dus forcer mes jambes à me porter jusqu'aux toilettes, où je bus quelques gorgées d'eau froide directement au robinet. La sueur s'était posée comme une membrane supplémentaire sur mon dos, mon cœur battait double.

Je lâchai le jet d'eau et me redressai. La sensation familière d'apesanteur traversa mon corps et j'agrippai fortement le lavabo pour ne pas perdre l'équilibre.

Lorsque je fixai le miroir pour voir mon visage, il était vide. Il n'y avait personne ! Et bien que je sache parfaitement que nous n'avions là aucun miroir, en prendre conscience me prit juste assez de temps pour que la pensée surgisse : *C'est exactement ça !*

Je demeurai là, appuyé sur le lavabo de porcelaine froide, jusqu'à ce que je sois assuré d'être capable de marcher sans tomber. Puis je tirai la chasse, ouvris la porte et quittai la pièce avec un dernier coup d'œil par-dessus mon épaule vers le mur blanc et vide.

Tchaïkovski

Après l'épisode des toilettes, je ne désirais que rentrer. Je laissai les derniers dossiers en vrac et pris mon chapeau et mon manteau sans enfiler ni l'un ni l'autre. Le trajet pour remonter les rues tortueuses prenait neuf minutes et demie les bons jours, quand mes genoux ne me faisaient pas trop mal, et encore moins ce jour-là, où je courais presque. En route, j'essayais de me persuader que j'étais quelqu'un. Cela peut paraître un projet bizarre, mais de fait, un homme en arrive parfois à douter de qui il est. Il ne me restait ni famille ni amis – la norme, sans doute, est d'avoir des contacts avec les gens pour les prendre en compte – et mis à part un intérêt amateur pour la musique classique, ne m'importaient vraiment que le bon thé et de faire mon travail consciencieusement. Et même cela semblait sur le retour.

Dans une grande maison bien entretenue, aux murs couverts de vigne vierge, une énorme femme était assise dans le salon, un écran de télévision éclairant son visage de cire. Allais-je vraiment passer le reste de mes jours à regarder dans un machin pareil des images de gens que je ne connaissais pas, à aménager des parterres de fleurs dans le jardin ou encore simplement à dormir et à manger tandis que mon corps s'effritait entre mes doigts ? Pour empirer les choses, je me rappelai un article que j'avais lu récemment. Il mentionnait qu'un nombre surprenant d'hommes mouraient peu après avoir pris leur retraite alors qu'ils pouvaient enfin jouir de tout leur temps. Cela résoudrait au moins le problème de savoir ce que je devais faire, pensai-je sombrement en refermant le portail du jardin.

Une fois rentré, j'examinai tout de suite mes réserves, mais ce fut une expérience déprimante. Il y avait un carton avec deux œufs, un pot de confiture, un peu de beurre et un fromage sec. Je décidai que c'était un de ces jours où je n'avais pas le courage de faire cuire des œufs, alors je fis du thé et je beurrai quelques tartines que je mangeai à la table de la cuisine, accompagné du lourd tic-tac de l'horloge. Le pain était racorni, mais si j'avais dû manger pour le plaisir, le menu aurait sans doute été différent.

Plus tard, assis dans mon bon fauteuil avec la couverture sur les genoux, je laissai les heures s'écouler tout en écoutant la musique et en replaçant mécaniquement l'aiguille du gramophone sur départ. Ma main bougeait d'elle-même, si bien que le fait de déplacer l'aiguille devint partie prenante de l'œuvre, une façon de reculer le temps qui, dans le même mouvement, le poussait vers l'avant.

Plus tard, je dus aller uriner et là, debout, je réalisai que je ne me masturbais même plus.

Depuis combien de temps ? Je regardai vers le bas et donnai une petite pression consolatrice au membre délaissé avant de remonter la fermeture éclair et de tirer la chasse. Puis je mis mon vieux pyjama bleu et allai au lit.

Agathe 6

Je suivais à pied la rue du Pavillon un samedi après-midi avec mes courses pour la semaine. Au coin, à l'endroit où la rue croise le boulevard des Reines, je passai comme d'habitude devant le petit café et, en y jetant un coup d'œil, je la vis : Agathe.

Mais c'était une autre Agathe que celle que je connaissais. Elle portait un chemisier rouge foncé qui éclairait sa peau blanche et même si elle était assise, tout son corps était en mouvement. Ses mains traçaient de grands cercles dans l'air et ses yeux brillaient sombrement sous sa frange, tandis qu'elle racontait quelque chose aux trois autres femmes assises à la table. Plus belle encore était sa bouche quand elle renversait la tête en arrière en un rire presque incontrôlé.

Sans y réfléchir plus avant, je me glissai derrière un arbre dans un petit jardin en biais face au café, d'où je pouvais voir la tache rouge qu'était Agathe. J'essayais de m'imaginer de quoi elle aurait l'air si c'était nous deux qui étions assis face à face. Plus sérieuse que ce dont je venais d'être le témoin, mais avec la même bouche douce et abandonnée, pensai-je, pendant que dans mon imagination je lui faisais écarter une mèche de cheveux de son visage et se pencher vers moi pour poser sa main sur mon avant-bras.

Je demeurai là comme une espèce de voyeur lubrique jusqu'à ce qu'Agathe sorte du café et dise au revoir à ses amies. En vérité, cela me faisait bien trop mal aux genoux de rester debout si longtemps, mais je le remarquais à peine, et lorsqu'elle se mit en route à travers la ville, je la suivis. Je marchais donc là avec mes sacs de courses, à la fois grisé par une sensation de désir croissant et lourd d'une honte bien trop familière, jusqu'à ce que je la voie entrer dans une maison à deux étages blanchie à la chaux de la rue de l'Ancienne. Une lumière s'alluma dans le salon. Cela me semblait étrangement intime de savoir qu'elle dormait dans cette maison, qu'elle y prenait son bain et s'y habillait, et qu'elle empruntait précisément ce trottoir chaque fois qu'elle venait me voir.

Je restai là un temps, faisant semblant de chercher quelque chose dans mes sacs ; je soulevai un sachet de jambon finement tranché, je bougeai le carton d'œufs. Mon pouls tambourinait dans mes joues brûlantes et je devais faire des efforts pour respirer calmement. Puis je me repris et passai rapidement devant sa maison en tournant la tête tout juste assez pour regarder à l'intérieur. Je ne sais pas ce que j'avais espéré, mais elle était assise de profil sur le bord d'une chaise, à quatre mètres à peine de moi, et regardait droit devant elle, et ce n'est qu'en plissant les yeux que je vis ses larmes qui tombaient comme des tâches d'encre sur le tissu rouge de son chemisier.

L'excitation m'habitait toujours comme une onde de choc émoustillante lorsque je fermai derrière moi la porte de la maison. J'avais le sentiment d'avoir découvert un secret que je désirais partager avec quelqu'un ; comme si j'avais reçu un cadeau merveilleux mais interdit. Ça cognait dans mon corps, je ne cessais de voir la bouche ouverte d'Agathe, son chemisier ajusté à son corps mince. Un instant, je me soumis au plaisir.

Puis j'ouvris les yeux de nouveau. Ça n'allait pas. Agathe était ma patiente, j'étais son médecin et mon travail était de l'aider ! Résolument, je saisis mon manteau et ressortis dans le crépuscule.

L'air frais du lac me fit l'effet d'une douche froide indispensable et, après que j'eus fait un petit tour, l'excitation passa. La fatigue me rattrapa et je fis en boitant le dernier bout de chemin jusque chez moi avec l'image des larmes d'Agathe sur la rétine.

Le sourd, le muet et l'aveugle

L'après-midi se muait en soirée et les 275 patients étaient devenus 266 lorsque, quelques jours plus tard, je sortis enfin de la clinique. Le soleil était bas au-dessus des toits et, à part le battement rythmique de ma canne sur le sol, le seul bruit était le chant des oiseaux. De temps à autre, un nom sur une boîte aux lettres captait mon regard en passant, mais il était rare que je reconnaisse quelqu'un dans la rue. À la pensée du nombre d'habitants de la ville avec lesquels j'avais parlé au fil du temps, il était dans le fond surprenant de constater combien peu d'entre eux je rencontrais hors du cabinet. L'idée me venait parfois que je les avais tous inventés ; même Mme Surrugue n'était d'une certaine façon sortie de la clinique pour entrer dans la réalité que lorsqu'elle s'était mise en arrêt maladie.

La dernière côte était toujours la plus dure à monter et je fus content quand je m'approchai du numéro neuf. Ma main avait d'elle-même trouvé la clef dans la poche du manteau, quand du coin de l'œil je perçus un mouvement. C'était mon voisin, et je fus pris d'une envie diabolique de l'arracher lui aussi aux ombres. Dans une tentative pour en faire un homme de chair et de sang, je soulevai mon chapeau et criai :

— Bonsoir, voisin !

Il se tenait de profil et ne réagit pas à mon salut. Il se contenta d'ouvrir la boîte aux lettres, d'en sortir une enveloppe, puis de la refermer. Ce n'est qu'au moment où il allait rentrer dans son jardin qu'il leva les yeux et m'aperçut. Il hocha poliment la tête et je tentai de nouveau :

— Bonsoir, voisin !

Il sourit et hocha encore la tête et, pris d'une soudaine inspiration, je fis un pas vers lui et dis :

— Au fond, c'est amusant que deux personnes puissent vivre aussi près l'une de l'autre, leurs vies n'étant séparées que par un mur, et qu'elles ne se connaissent pas du tout, vous ne trouvez pas ?

L'homme haussa les épaules d'un air d'excuse, puis il montra du doigt d'abord son oreille, puis sa bouche, et secoua la tête. Quelque chose en moi s'effondra. Je sentis l'aspiration dans le ventre, sentis mes jambes s'affaiblir sous moi. L'homme était sourd. Il ignorait mon existence.

D'un mouvement abrupt, je me retournai et me dépêchai de remonter le sentier jusqu'à ma porte, que je refermai en la claquant. Je sentais une pression sur les yeux et m'affalai sur une chaise dans la cuisine. Ce n'est que longtemps après que je me rendis compte que je portais toujours mon manteau et que j'avais ma canne à la main.

Visite

La pesanteur tirait les commissures de mes lèvres vers le bas, pendant que je ramassais les dossiers en une pile de dessins et de mots griffonnés et gagnais en boitillant la salle d'attente. J'imaginais ma peau s'étirant de plus en plus bas jusqu'à ce que mes joues heurtent le tapis avec deux clappements fourbus, et j'étais arrivé jusque devant la grande table sans la voir. Comme une vague image de la femme qui régna un jour depuis ce même fauteuil, elle était assise là, sous la fenêtre. Je m'arrêtai devant elle, les bras toujours chargés de dossiers, doutant de ce que je devais faire.

Finalement, je tendis une main vers son épaule et me raclai la gorge.

— Que faites-vous ici ?

Ma voix était beaucoup trop rude, trop forte, mais apparemment elle me remarquait à peine, et ce fut comme si elle se parlait à elle-même lorsque, sans me regarder, elle dit :

— Trente-trois jours qu'il est à la maison maintenant et il a tellement mal. Il est en train de mourir sous mes yeux.

Je n'étais donc pas le seul à compter.

— M. Surrugue est-il malade ? dis-je avec précaution.

Alors elle leva enfin le regard avec une expression que je ne lui avais jamais vue et s'exclama :

— Je ne supporte plus ça ! Et le pire, c'est que nous ne pouvons même pas en parler.

Sa voix tremblait :

— Thomas est terrifié, je le vois bien, mais il ne dit rien. Et on avait l'habitude de pouvoir parler de tout !

— Cela me fait de la peine, madame, dis-je en détestant mon insuffisance. Il faut me dire si je peux faire quelque chose pour vous.

Ces mots vides étaient visiblement l'encouragement dont elle avait besoin.

— Ne voudriez-vous pas parler avec lui ? demanda-t-elle instamment.

Je secouai la tête, troublé.

— Mais madame, en quoi cela aiderait-il ?

— Je crois que ça lui ferait du bien de parler à quelqu'un, seulement nous ne sommes pas croyants et il n'apprécie pas son propre médecin.

— Non, mais...

Elle m'interrompit :

— Je ne dors pas la nuit parce que j'ai trop peur qu'il soit parti quand je me réveille. Je ne supporterais pas qu'il meure de cette façon. J'ai mis mon matelas dans sa chambre et je reste éveillée toute la nuit à écouter s'il respire.

— Oui mais, madame... tentai-je de nouveau.

En réalité, ce que je voulais dire, c'est que je ne savais absolument pas comment parler à une autre personne en dehors des quatre murs de mon cabinet. Il y avait à présent si longtemps que je n'avais pas mené une conversation normale avec quelqu'un que cela faisait mal d'y penser. J'étais en d'autres termes impuissant et cela me semblait ridicule qu'elle se tourne vers moi dans une telle situation. Malgré tout, ce qu'on attendait de moi était clair.

— Bien sûr que je vais parler avec votre Thomas, dis-je. Je passerai un de ces jours.

— Ah, merci infiniment, monsieur !

Les muscles crispés de son visage se détendirent et elle prit ma main un instant entre les siennes.

Une fois Mme Surrugue repartie, je fus submergé par un violent mal-être. Je restai longtemps dans les toilettes, le front contre le mur froid, laissant l'eau couler sur mes mains. Je respirai lentement, me concentrai pour éviter toute pensée et essayer de convaincre mon corps de se calmer.

Avant tout, je désirais tourner le dos à tout, revenir à mes routines habituelles, tout oublier de l'homme mourant et simplement compter : 233, 232, 231. Seulement je comprenais que c'était impossible. Une personne à laquelle je tenais, à ma façon un peu tordue, me demandait de l'aide. Et si je ne faisais pas au moins une tentative, que vaudrais-je ?

Déroute

Cette nuit-là, je restai longuement éveillé dans la chambre, où seuls se distinguaient les contours angulaires de l'armoire et l'obscurité plus claire de la fenêtre. D'abord, je pensai à Mme Surrugue qui écoutait avec inquiétude la respiration de son mari et à ce qu'elle s'imaginait que je pouvais faire pour lui. Puis, tandis que les jacassements des oiseaux dans le jardin gagnaient en force, je me mis à me demander si moi-même je lutterais contre la mort, le jour où elle viendrait me chercher.

Lorsque le réveil sonna, j'en fus réduit à une série de routines accomplies avec balourdise. Je me levai, fis chauffer de l'eau pour le thé et sortis le lait, exactement comme j'en avais l'habitude, mais le malaise ne passait pas. Je réussis quand même à manger un peu de pain et pris une douche exceptionnellement longue, avant de trouver une chemise propre dans la pile de modèles identiques de chez Le Tailleur. Épuisé, je pris le chemin de mon cabinet, où le désordre augmentait.

Les entretiens furent pénibles. Le récit de Mme Briès sur l'indifférence mal dissimulée de sa mère fut sur le point de me tirer des larmes, et je reniflai et toussai tant de fois que finalement elle me demanda si j'étais enrhumé. L'inquiétude et quelque chose qui ressemblait au chagrin se rassemblèrent dans ma poitrine et je commençai à douter d'être capable de supporter une journée entière la souffrance de personnes oppressées. Avant de partir, Mme Briès me serra la main et dit :

— Si personne ne vous aime, on peut finir comme une très petite créature. Parfois, je me demande si une telle créature est vraiment une personne.

Ma patiente suivante, Sylvie, dix-huit ans, ne se présenta pas. Il était rare que les patients s'absentent ainsi, mais à tout prendre, je ne pouvais pas savoir si elle avait essayé de se décommander, puisque je n'avais plus de secrétaire pour recevoir les messages. Après les épreuves des premières heures, j'aurais dû être soulagé, mais au lieu de cela je fus quasiment pris de panique, parce que son absence me renvoyait à moi-même alors que je ne souhaitais que fuir. Un tas de pensées confuses se battaient pour une place dans mon cerveau. Que dirait Mme Surrugue lorsque j'essaierais de parler à son mari et qu'il deviendrait évident que cela ne marcherait pas ? Comment aide-t-on un homme inconnu à bien mourir lorsqu'on n'arrive même pas à vivre sa propre vie ?

Pour interrompre mes pensées, je me levai et sortis dans le grand bureau. Là, j'arpentai la pièce, arrangeant quelques revues, regardant par les fenêtres la pelouse carrée, gagnant la porte d'entrée et guettant pour voir si ma patiente arrivait. Mais il n'y avait aucune Sylvie et aucun calme, et j'allais de plus en plus mal. Ma peau se resserrait sur moi comme un filet. J'ouvris et fermai la bouche, roulai des épaules et redressai le dos, mais il n'y avait tout simplement pas assez de place dans mon corps. Hors de moi, je saisis ma canne et sortis au soleil. Je ne savais pas où j'allais, je savais seulement que je ne pouvais pas rester au même endroit, alors je tournai à gauche et descendis rapidement la rue. Je ne voyais rien, j'avançais seulement en force, en haletant. Des images confuses allaient et venaient : la peau douce d'Agathe contre le tissu vert du divan, moi-même devant la fenêtre chez moi, Mme Surrugue et son Thomas enlacés. De temps à autre, je croisais des gens sur le trottoir qui étaient obligés de descendre sur la route pour ne pas se heurter à moi, mais je les remarquais à peine. J'étais trop occupé à me tenir debout et lorsqu'à la fin je m'effondrai dans la rue, je ne savais plus où j'étais.

Lentement, je retrouvai mon souffle et découvris que je devais avoir perdu ma canne. J'étais assis sur un rebord surélevé qui protégeait un jardinet bien entretenu de la rue et après avoir soufflé quelques minutes, je me levai avec précaution en m'appuyant sur les pierres froides. Le corps fonctionnait encore, même si les jambes tremblaient sous moi et que j'étais vidé d'énergie. Pendant que je descendais laborieusement la rue d'un pas chancelant, ma vision se mit à s'ouvrir de nouveau et à absorber le monde. Que tu es stupide, me grondai-je, pourquoi t'en fais-tu tellement ? En même temps, je savais que l'exacte même chose pourrait se reproduire le lendemain sans que je puisse faire quoi que ce soit pour l'éviter.

Au bout de la rue, je trouvai ma canne et peu après, je reconnus enfin une rue. De là, je pouvais en boitillant regagner la clinique. Encore plus distant que d'habitude et le ventre grondant, je parvins à mener les trois derniers entretiens. J'étais assis dans le fauteuil, vieux comme Mathusalem et mortellement épuisé, tandis que ma chemise se raidissait sur mon corps comme du papier mâché. Mes seuls mots furent bonjour et au revoir.

Lorsque la craintive Mme Mauresmo eut comme toujours ouvert et fermé la porte derrière elle trois fois et ainsi marqué la fin de la journée, je respirai vraiment pour la première fois depuis des heures. La nausée m'avait attendu, clapotante et acide, et à mon grand dépit, je dus vaciller jusqu'aux toilettes pour vomir.

Agathe 7

— Je crois que j'étais en colère. Non, je sais que c'était de la colère ; seulement, à cette époque-là, je n'osais pas la ressentir. J'ai cessé de chanter, je ne touchais presque plus au piano, et puis j'ai commencé à me couper sous les bras.

De ma place derrière elle, je devinais la courbe douce de ses joues, je voyais le fin filet de rides autour de ses yeux se resserrer.

— Je ne sais pas pourquoi je le dis de cette façon. Qu'en pensez-vous, docteur ? Peut-on remplacer le jeu sur les touches par de petites entailles sur le bras avec un couteau de cuisine ?

Le rire couvait dans sa voix.

— Eh bien, pourquoi pas ? répondis-je. Pensez à tout cet art qui a été créé au travers de la souffrance et de la sublimation.

Elle portait une robe vert bouteille et une sorte de blouse grise par-dessus. Des chaussures sombres avec un petit talon, qui dépassait tout juste du divan. Les pieds tout en bas se balançaient, d'abord l'un, ensuite l'autre.

— Bon, mais en tout cas, c'est comme ça que ça a commencé. Depuis lors, je me suis coupée, je me suis arraché des cheveux, je me suis frappée avec différents objets et cogné la tête contre le mur, jusqu'à ce que ça saigne. Et je vous assure que ça marche mieux que l'éther et les somnifères.

— Sans doute, mais cela marche en assourdissant la douleur, pas en la supprimant. Vous n'arriverez pas à me faire croire que vous résolvez quoi que ce soit en vous cognant la tête contre le mur, Agathe. Vous ne faites que vous punir pour quelque chose que vous n'avez pas fait.

Cela m'agaçait de paraître si vieux et, lorsque son sourire s'élargit, je fus certain que c'était de moi qu'elle se moquait.

— Non, docteur, vous avez raison. Alors vous allez peut-être proposer que j'arrête ? C'est original !

Dites-moi, est-ce que cela est une plaisanterie pour vous ? m'exclamai-je.

— Je vous assure que ça ne l'est pas, répondit-elle d'un ton incisif. Je suis enterrée vivante dans ma propre existence ! On vous aurait cru capable de percer à jour l'humour du condamné, lorsque vous y êtes confronté.

Je me penchai vers elle :

— Mais qu'avez-vous donc fait de si mal, Agathe ? Pourquoi êtes-vous si en colère contre vous-même ?

Elle claqua la langue :

— Mais est-ce que vous m'avez écoutée, docteur ?

— Oui, je pense. Mais soyez indulgente avec moi et expliquez-le-moi de sorte que je puisse comprendre.

Elle souffla bruyamment sur sa frange, qui se releva droit en l'air. Sa voix avait retrouvé son timbre normal lorsqu'elle répondit :

— Je suis en colère parce que je n'ai rien réalisé. J'aurais dû être quelqu'un et je suis devenue rien.

Pour la première fois au cours de nos entretiens, l'humidité de ses yeux se rassembla en une larme qui courut le long de sa tempe et poursuivit son chemin vers son cou blanc. Je dus me concentrer violemment pour maintenir à flot la conversation, pour ne pas mélanger toutes les images d'Agathe.

— Excusez-moi si c'est banal, vous l'avez sûrement déjà entendu, mais je croyais vraiment que j'étais quelqu'un de particulier, dit-elle.

— Et vous le croyez encore en partie, répondis-je, sinon vous ne seriez pas aussi en colère. Mais en même temps…

— Que voulez-vous dire ?

Elle renifla et essuya rapidement la larme du dos de sa main.

— Je veux dire que vous vous sentez tout à fait unique et totalement insignifiante en même temps.

Elle hocha lentement la tête :

— Pour ça, vous avez certainement raison. À un moment donné, je ne trouve pas que je mérite de vivre ; à un autre moment, il n'y a personne au-dessus de moi. Idiot, non ?

Là où est la mort

Finalement, je ne pus plus repousser. Et en montant vers la maison, le malaise des jours précédents se dissipa au profit d'un sentiment d'irréalité. Dans quoi m'étais-je donc empêtré ?

Un moment s'écoula avant que Mme Surrugue ouvre la porte.

— Bonsoir, monsieur. C'est très gentil de votre part de nous rendre visite. Entrez, dit-elle.

Elle ouvrit la porte en grand et me laissa passer. Son visage était en morceaux, seulement recomposé de façon rudimentaire, et cette vue me donna envie de faire demi-tour à l'instant et de reprendre en toute hâte le sentier du jardin et le bus aux relents de sueur qui m'y avait amené. Au lieu de quoi je franchis le seuil et faillis trébucher sur quelque chose qui ressemblait à un métier à tisser. Je retins une exclamation de surprise. Il y avait des objets partout !

— Donnez, laissez-moi faire.

Mme Surrugue posa ma canne dans un vase contenant au moins dix parapluies de couleurs différentes et accrocha mon manteau au-dessus d'une pile de journaux pendant que, déconcerté, j'essayais de trouver un endroit pour mon chapeau. Jamais je n'avais vu autant de chaussures, de pots, de cannes à pêche ni d'ailleurs d'arrosoirs amassés dans une même maison.

— Par ici, dit Mme Surrugue en me précédant dans un étroit couloir. Je crois qu'il est éveillé, mais sinon, n'hésitez pas à le réveiller.

Elle s'arrêta devant ce qui devait être la chambre du malade.

Je hochai la tête.

— Je suis là-bas, si vous avez besoin de quelque chose, dit Mme Surrugue en poursuivant le long du couloir.

— Attendez, lui criai-je. De quoi souffre-t-il ?

Elle se retourna, me regarda droit dans les yeux et dit :

— Il a un cancer.

Puis elle disparut dans la cuisine et m'abandonna devant ce qui retenait enfermée la mort.

Je frappai doucement et entrai. Il était couché dans un lit double au milieu de la pièce, seul son visage dépassait de l'édredon. Une ride profonde était gravée entre ses sourcils en pagaille, mais lorsque j'approchai, un gentil sourire remplaça l'expression de souffrance.

— Bonsoir, docteur, entrez donc.

Dans un coin se trouvait un fauteuil, que je tirai avec effort jusqu'au chevet de son lit. Le siège en était si bas que, pour l'atteindre, il s'agissait simplement de relâcher tout et de se laisser choir. Un jour, pensai-je, je resterai tout simplement assis là où j'aurai atterri et ne me relèverai plus. Peut-être chez moi, dans mon fauteuil près de la fenêtre, ou sur un banc près du lac, pendant que les cygnes s'endormiront autour de moi.

— Comment allez-vous aujourd'hui, M. Surrugue ? demandai-je.

— Merci, j'ai connu mieux, répondit-il, mais c'est gentil de votre part de venir. Je crois que ma chère épouse est en train de perdre patience.

La tête émaciée sur l'oreiller blanc, l'odeur de maladie tapie derrière l'odeur de draps propres. Je ne dis rien, car je ne savais quoi dire.

Il se racla la gorge et poursuivit :

— Appelez-moi Thomas, s'il vous plaît. Je vais me permettre de parler franc, même si nous ne nous connaissons pas beaucoup. Je suis un fardeau pour ma femme, et je ne veux pas en plus l'ennuyer avec ma peur. En vérité, je suis mort de peur.

Il parlait par à-coups, prenait une bouchée d'air et éjectait une phrase, reprenait sa respiration et en éjectait une autre.

— Je suis sûr que vous n'êtes pas un fardeau, tentai-je.

Mais Thomas ne répondit pas et le silence était presque invivable. Je le savais, pensai-je ; je suis lamentable pour ça !

Puis j'entendis venir de l'oreiller :

— Connaissez-vous la mort ?

Je fronçai les sourcils.

— Nous la connaissons certainement tous, essayai-je.

J'entendais bien combien cela sonnait creux.

— J'ai parlé au fil des années avec de nombreux patients qui ont été gravement malades ou bien proches de quelqu'un qui avait disparu, essayai-je de nouveau.

Mais c'était presque pire encore.

À la fin, je secouai la tête.

— Non, dis-je. Je ne connais pas la mort.

Thomas sourit et hocha la tête deux, trois fois.

— Non, voyez-vous, on ne la connaît pas avant qu'elle soit là. Pas vraiment.

Ses mâchoires remuaient sous la barbe naissante et la peau grise, comme s'il mâchait quelque chose. Un instant, je réfléchis à la vitesse à laquelle je pourrais me mettre à lui ressembler. Mes cheveux avaient encore des mèches brunes dans le gris, mais cela ne tiendrait sûrement pas longtemps si la maladie attaquait sérieusement. Dix kilos de muscles et de graisse combinés se perdaient vite.

— Chaque nuit, je reste allongé à écouter la respiration de ma femme et je pense à combien il est impossible que je la quitte.

Sur le sol du côté droit du lit était installé un matelas avec un édredon et un oreiller. Sur la table de chevet à gauche, là où j'étais assis maintenant, il y avait une lampe, un verre d'eau, une cuvette et une boîte avec des bonbons à la menthe. C'étaient là les remèdes contre la mort.

— Je ne suis pas sûr du tout de la façon dont je peux vous aider, Thomas, dis-je. Je n'ai jamais aimé quelqu'un.

Mes propres mots me prirent de court, mais Thomas se contenta de répondre :

— Oui, nous n'avons pas tous cette chance. Peut-être vous sera-t-il plus facile de mourir.

— Peut-être, approuvai-je. Mais plus difficile de vivre.

Son rire sonna comme une pierre tombant sur de la pierre.

— Vous avez peut-être raison, parvint-il à articuler, tandis que son rire se transformait en toux. Une vie sans amour ne vaut pas grand-chose.

Je lui souris et nous restâmes un peu en silence avant que je lui demande :

— Vous avez dit que vous aviez peur ?

— Complètement terrifié !

Il sourit de nouveau, avec les yeux cette fois.

— C'est agréable de l'avoir dit.

— Moi aussi, en fait, j'ai peur, avouai-je, mais je n'ai pas tout à fait découvert pourquoi.

— Je pense que le pire, c'est de ne plus revoir le visage de ma femme. D'aller quelque part où elle n'est pas.

Pour une raison ou une autre, je comprenais exactement ce qu'il voulait dire.

— Peut-être n'est-ce pas du tout elle que vous devez lâcher, proposai-je. Peut-être n'est-ce que tout le reste.

Je n'étais pas sûr que cela fasse sens, mais Thomas tendit la main et prit la mienne, de la même façon que l'avait fait sa femme quelques jours auparavant.

— C'est vrai, dit-il, et je sentis sa main se resserrer en une faible pression. Elle, je ne pourrai jamais la lâcher. Le reste, peut-être.

Il relâcha ma main, se recroquevilla en un nouvel accès de toux sèche, et je lui tendis le verre d'eau, dont il but quelques gorgées.

— J'espère que vous allez découvrir de quoi vous avez peur, dit-il d'une voix éraillée en se recouchant sur l'oreiller. Toute autre chose serait un terrible gâchis.

Je lui jetai un regard et haussai les épaules ; est-ce que cela n'avait pas été du gâchis jusqu'ici, pour la plupart ? Je lui demandai quand même :

— Comment découvre-t-on de quoi on a peur ?

— Mon expérience, dit Thomas, tandis que ses yeux se fermaient, c'est que l'on commence par ce dont on a la plus grande nostalgie.

Agathe 8

— Les gens disaient que je ressemblais à mon père, et il adorait ça. Je crois qu'il était fier d'avoir produit un enfant malgré son handicap, alors j'étais une sorte de trophée. Joue, Agathe, joue !

Elle éructait les mots.

— Vous étiez douée ? demandai-je.

Bien sûr qu'elle l'était. Agathe hocha affirmativement la tête.

— Mes parents ne me disaient jamais que j'étais bonne, mais je les entendais le dire aux autres, quand ils ne savaient pas que j'écoutais. Mais oui, j'étais vraiment assez douée.

— Et cela ne vous rendait pas heureuse ?

Je regardais ses mains effilées, je me les imaginais cavalant sur les touches comme si elle voulait se forcer elle-même à l'erreur. Soudain, je me souvins du jour où j'avais moi-même compris que je ne jouais du violon que pour mon père. Que je m'étais exercé uniquement pour éviter sa déception et que la seule chose que je ressentais quand je réussissais un morceau, c'était du soulagement.

Agathe secoua la tête.

— Non, je détestais ça. Je détestais le piano et je détestais les entendre parler de moi. Il s'agissait uniquement de montrer aux autres combien ils étaient de bons parents. Ça n'avait rien à voir avec moi.

Au fond, l'heure était passée, mais je ne me résignais pas à l'interrompre et je ne désirais que rester là avec elle et laisser le patient suivant attendre. Regarder sa peau blanche et m'en imaginer la sensation sous ma paume ; poser une question et savoir que je pourrais la guérir si j'utilisais les mots justes.

Malgré tout, Agathe dut ressentir un changement, car même si je ne dis rien ni ne bougeai, elle s'assit résolument. Ses cheveux étaient ébouriffés et humides comme ceux d'un enfant qui se réveille d'un profond sommeil.

— C'est tout pour aujourd'hui, je crois, docteur. On se voit mardi.

Elle m'adressa un sourire qui ressemblait surtout à une grimace apprise, et je hochai la tête.

— Disons ça, Agathe. Merci pour aujourd'hui.

Sa main reposa un instant dans la mienne, puis elle sortit du cabinet. Je m'assis sur le divan qui était chaud encore de son corps et pris avec délectation une longue inspiration. Puis j'appelai Mme Carmeille à entrer et tentai de me convaincre qu'elle était tout aussi importante.

Neige

Un jour, je me réveillai devant une fine pellicule blanche posée sur la ville. J'ai toujours aimé l'hiver avec ses bruits atténués et j'ai toujours préféré la neige au soleil. Cette fois, elle arrivait de façon inattendue, juste au moment où le printemps allait devenir été, et cela me la fit apprécier encore davantage.

La neige dévoilait un monde secret de traces de pattes de chien, de bottes et de minuscules pieds d'enfants qui obliquaient vers l'école ou continuaient après la clinique en direction du centre-ville.

Dans le cabinet, où la poussière et les mouches mortes s'entassaient sur les rebords des fenêtres, je menai les premiers entretiens. En mon for intérieur, je maudissais tout ce qui affectait mes patients et contre quoi je ne pouvais rien faire. Il y avait à lutter à la fois contre des conjoints insensibles et des bouteilles de vin cachées derrière les étagères, et que pouvait-on au fond espérer de la thérapie, quand je n'avais que quelques heures par semaine pour reconstruire ce que les patients avaient une vie entière pour détruire ?

Puis arriva Mme Almeida. Elle commença à parler à la seconde même où sa tête toucha le coussin, et je me demandai si elle se rendrait compte de quelque chose si je mourais tout doucement d'ennui dans le fauteuil derrière elle. Imaginer que Mme Surrugue était en train de perdre son mari et que cette horrible femme se préoccupait d'avoir été volée de dix centimes en achetant des gants ! Cette pensée propulsa un renvoi acide à travers ma gorge et jusqu'au-dessus de ma patiente :

— Madame, maintenant il faut que cela cesse, l'interrompis-je.

Il arrive qu'un homme se surprenne lui-même, et il s'agissait d'une de ces fois-là.

— Chaque fois que vous venez, vous passez votre temps à me parler des incompétences des autres et cela me rend fou d'écouter ça ! Vous vous êtes plainte depuis presque trois ans de votre mari paresseux et vous avez ignoré absolument tout ce que je vous ai dit. Ça suffit !

Mme Almeida se souleva avec difficulté sur ses coudes et tourna vers moi un visage incrédule. La peau flasque sous son menton tremblait légèrement et ses yeux étaient écarquillés.

— Je crois que nous devons faire une expérience, madame. Il est évident que de venir ici ne vous fait pas aller mieux, alors je propose que nous essayions quelque chose de nouveau. Jusqu'à la semaine prochaine, où nous nous reverrons, vous devez vous maintenir au calme. Vous devez annoncer à votre mari qu'il doit s'occuper des choses pratiques, parce que vous avez reçu l'ordre de vous reposer, et puis vous devez simplement profiter de votre temps, lire un livre, ou faire ce que vous avez envie de faire. Être avec de bons amis.

Mme Almeida bafouilla, le visage empourpré :

— Bernard ne sait absolument pas faire à manger ! Il ne sait pas laver le linge ni repasser. Bernard ne sait absolument rien faire !

Je haussai les épaules. Bernard me laissait au plus haut point indifférent.

— On ne peut pas le savoir avant qu'il en ait eu l'occasion, dis-je avec toute l'amabilité que je pus mobiliser. Ce n'est qu'une expérience, il n'y a pas de mauvais résultat. Vous faites simplement de votre mieux, et puis on évalue la prochaine fois.

Mme Almeida me fixa encore quelques secondes. Elle ressemblait à quelqu'un qui essaie de formuler quelque chose, mais qui n'arrive pas à trouver les mots parce que la réalité lui a échappé. Je me levai pour indiquer que l'entretien était terminé et elle me suivit mécaniquement jusqu'à la porte.

— Je n'ai jamais été exposée à quoi que ce soit de semblable, docteur, réussit-elle enfin à articuler, et je dus réprimer un sourire.

— Je crois que nous avons besoin d'un changement, madame. Vous ne croyez pas ?

Elle me jeta un dernier regard défiant, pressa durement son sac contre sa poitrine, comme si j'avais essayé de lui voler quelque chose, et quitta le bureau à petits pas trépignants dans sa jupe serrée.

Lorsqu'elle fut partie, j'envisageai la possibilité de ne plus la revoir, mais j'en doutais. Elle avait besoin de témoins pour son martyre, sinon celui-ci ne valait rien. Et si elle ne venait pas fustiger ici, où irait-elle ?

La journée était terminée et il ne me restait plus qu'à fermer le cabinet. Puis vint l'angoisse. Le battement de mon cœur faisait vibrer mon corps comme si j'étais un diapason dans la main d'un compositeur furieux, et si je ne l'avais pas éprouvé tant de fois auparavant, j'aurais été sûr que j'allais mourir. Je dus faire des pauses en allant du cabinet au bureau, m'arrêter près des chaises des patients et respirer, pour me relever l'instant d'après parce que je ne supportais pas de rester tranquille.

Mes jambes bourdonnaient, mais à la fin je réussis à remettre en place le dossier de Mme Almeida avec le dessin du jour à moitié achevé et m'échappai dans le début de crépuscule. Des flaques de neige fines comme du papier reposaient encore sur les toits des maisons tandis que des tâches noires et vertes s'élargissaient sur la terre humide et que le vent déchirait mes poumons.

Lentement, la sueur sécha sur ma peau. Serrant fermement ma canne, je me dirigeai à travers la ville, dans la direction radicalement opposée à celle de chez moi, et ce n'est qu'à quelques mètres de sa maison que je m'autorisai à comprendre ce que je faisais. Si je pouvais ne serait-ce que l'apercevoir, j'irais mieux, j'en étais sûr. Si seulement je voyais qu'elle existait.

Agathe n'était pas là. Il y avait en revanche, assis à la table, un homme mince aux tempes hautes qui lisait le journal. *Julian*. Je ressentis une poussée de dégoût ; que voyait-elle donc en lui ? Pourquoi était-elle avec un homme qui visiblement ne la rendait pas heureuse ?

Au même moment, il leva le regard. Un instant prolongé, je regardai droit dans ses pâles yeux de poisson – qui, pour dire toute la vérité, étaient sans doute simplement bleus – avant de détourner les yeux et de me hâter à travers la ville, empli d'un mélange d'humiliation et de rage.

Agathe 9

— De quoi avez-vous tellement peur, Agathe ?

— Mais enfin, c'est à peine si je le sais encore ; de quoi tout le monde a-t-il peur ?

Elle écarta les mains en un geste de découragement.

— Je crois que la vie elle-même est devenue dangereuse. J'ai maintenant peur de jouer de la musique, peur de ne pas le faire, peur de m'approcher de quelqu'un, peur d'être seule. Nulle part il n'y a de place pour moi !

— Vous êtes obligée d'essayer, Agathe, dis-je. La vie est construite de tout ce que nous faisons, et vous ne faites rien.

Elle gémit et remua avec irritation :

— Mais je n'y arriverai pas, si ça échoue de nouveau. Je n'ai rien fait d'autre que d'échouer jusqu'à présent, c'est insupportable !

Une vague inattendue de tendresse me submergea et je dus résister à l'envie de tendre la main vers elle.

— Enfin, Agathe, que croyez-vous que c'est, la vie ? demandai-je doucement.

— Que voulez-vous dire ?

— On dirait que vous pensez qu'il y a une formule pour la bonne vie et que tant que vous ne l'avez pas trouvée, vous pouvez aussi bien ne pas vivre du tout. Est-ce vrai ?

Elle s'assit brutalement, de profil par rapport à moi, tout en agrippant des mains le siège des deux côtés de ses genoux.

— Je crois que la vie est à la fois bien trop courte et bien trop longue. Trop courte pour qu'on ait le temps d'apprendre comment on doit vivre. Trop longue parce que le déclin devient de plus en plus visible chaque jour qui passe.

Sa voix psalmodiait et elle n'allait visiblement pas bien, mais je n'avais pas le droit de laisser ma faiblesse pour elle se mettre en travers de la thérapie.

— Comment savez-vous que vous avez échoué ? insistai-je.

Elle secoua la tête et murmura :

— Ce genre de choses, on le sent, croyez-moi.

— Et à qui vous mesurez-vous ?

— À celle que j'aurais dû être.

Elle se frotta durement le visage des deux mains.

— Maintenant, je suis fatiguée, docteur. Ça doit suffire pour aujourd'hui.

Nos regards se rivèrent l'un à l'autre. Elle avait l'air malheureuse, ou bien était-ce moi qui me lisais en elle ? J'imaginais ma main se tendre pour lui caresser les cheveux. Je la voyais se pencher de mon côté pour que je puisse la tenir contre moi jusqu'à ce que la distance disparaisse et que je puisse lui chuchoter que je la comprenais, que j'avais au moins aussi peur qu'elle.

À la place, nous nous dîmes au revoir et elle m'abandonna dans le fauteuil. Je suivis ses pas à travers la pièce – elle en faisait neuf là où moi j'en faisais huit – et entendis la porte extérieure se refermer derrière elle avec un claquement métallique.

Amour

Le jour où il ne restait plus que 202 entretiens, je me réveillai en nage, couvert de taches rouges, le drap et l'édredon entortillés en une pelote moite contre le mur. Le compte à rebours m'avait poursuivi jusque dans mes rêves, où je courais éperdument afin de sauver tous mes patients avant que nous mourions et, malgré une douche très prolongée, il me fut impossible de me débarrasser de cette impression de manque de temps. Bientôt tout serait fini, et alors ? Avais-je vraiment fait tout ce qui était en mon pouvoir pour les aider, tous ?

En arrivant à la clinique, je restai un instant à la porte à m'imprégner de la pièce. Ne régnait-il pas une drôle d'odeur ? Un peu comme lorsque j'oubliais quelque chose dans le garde-manger, sombré au fond en une petite mare humide, ou que je n'avais pas vidé la poubelle ? J'y avais rarement pensé, mais Mme Surrugue avait l'habitude de faire le ménage et de changer l'essuie-mains des toilettes, et souvent elle achetait des fleurs qu'elle disposait dans des vases ici et là.

Sans elle, le cabinet se désagrégeait lentement mais sûrement autour de moi.

Les patients se relayaient sur le divan comme selon un motif complexe que quelqu'un doué de la bonne perspective aurait pu décrypter. Je pensai à Thomas. Il y avait eu entre nous, quand nous nous étions rencontrés, une sorte de franchise que j'aurais souhaité pouvoir intégrer dans la thérapie. La mort, c'était ainsi que je le ressentais, nous avait contraints à sauter un tas de maillons et à aller directement à l'essentiel, mais peut-être cela ne pouvait-il pas se faire sans son entremise ?

Pendant que Mme Olive associait librement sur la notion d'amour, je poursuivis mes réflexions. Peut-être n'était-ce pas possible du tout de créer une relation authentique ici, dans le cabinet, où l'une des personnes payait l'autre pour l'écouter et où les patients étaient par définition malades, alors que j'avais la main sur la cure.

— Au fond, je ne crois pas que c'est de l'amour que je ressens pour mon mari, entendis-je Mme Olive déclarer, et pourtant, nous nous disons souvent que nous nous aimons. On dit beaucoup de choses.

— Hmm, grommelai-je.

— D'un autre côté, je préfère être avec lui qu'être seule. Cela aussi doit vouloir dire quelque chose.

Je grommelai de nouveau et me demandai si cela signifiait autre chose que sa peur d'être seule.

— Peut-être, soupira Mme Olive, ne serais-je pas obligée d'astiquer toute cette argenterie tous les jours, si j'aimais un peu plus mon mari.

Là, je ne pus m'empêcher de rire :

— Vous ne devez pas dire cela, madame. Je trouve que vous devriez plutôt voir si vous ne pouvez pas vous découvrir un peu plus d'amour pour vous-même.

Mme Olive sourit, étonnée.

— Je n'avais jamais vu les choses comme ça, docteur.

Il était dix-huit heures, j'avais parlé avec quatre patients avant le déjeuner et quatre après, pourtant je n'étais pas fatigué. Au contraire, j'avais envie de danser, de m'extirper de mes vieux os et d'avoir une nouvelle chance en tant que jeune homme viril. Et cela semble sûrement terriblement banal, mais j'avais tellement envie d'être quelqu'un qui signifie quelque chose.

Bizarrement agité, et sans pouvoir me résoudre à rentrer, je tournai un peu dans le cabinet. D'abord, je longeai les murs de la grande pièce, passant devant la place de Mme Surrugue où j'effleurai des doigts le beau bureau, puis je revins dans mon cabinet. En réalité, j'aimais cet endroit. C'était ici que pour la première fois j'avais trouvé quelque chose qui était à moi, et quelque chose pour quoi j'étais peut-être même doué. Pourquoi avais-je laissé échapper cela ? Étais-je seulement paresseux ou étais-je vraiment si arrogant que le malheur des autres avait commencé à m'ennuyer ?

J'allai à la fenêtre et regardai la rue déserte. Je sentis le bois frais du rebord contre mes paumes et me balançai d'avant en arrière. Puis je me penchai tout à fait jusqu'à ce que mon front touche la fenêtre et je sentis le sang cogner à l'endroit où la peau s'appuyait contre la vitre.

La décision

Il était 7 h 35, le ciel était un champ bleu glace au-dessus de moi. Un groupe de garçons en uniformes impeccables et les cheveux peignés à l'eau se bousculaient sur le trottoir en jouant, rivalisant entre eux pour éviter d'être poussé dans la rue. Ils étaient sûrement en route vers l'école Saint-Paul, de l'autre côté de la ville, et un certain nombre de leurs mères, qui venaient de les embrasser pour leur dire au revoir, avaient sans doute séjourné sur mon divan au cours des années. Soudain, une voix claire d'enfant derrière moi cria :

— Bonjour, monsieur !

C'était la petite fille du numéro quatre. Elle me dépassa en gambadant, dans une sorte de course boiteuse de gamine des rues, et avant que j'aie eu le temps de répondre, elle était déjà loin devant, le cartable d'école sautillant dans son dos.

Dès que je vis mon lieu de travail au bout de la rue, je sus que Mme Surrugue n'était toujours pas revenue ; le vide rayonnait véritablement des murs. La solitude est totale, pensai-je, mais je n'étais pas sûr que ce soit uniquement à la mienne que je pensais.

Lorsque la journée fut terminée et que j'eus provisoirement mis les huit dossiers sur un coin du bureau de ma secrétaire, une décision s'installa en moi. L'idée avait sûrement pris naissance au cours de la nuit, et à présent elle me fit m'arrêter chez le fleuriste, où le mari d'une de mes patientes m'aida gentiment à composer un bouquet d'un assortiment de fleurs dont j'ignorais les noms, puis me poussa à remonter la rue du Pavillon et à entrer dans le bus 31, surpeuplé et malodorant.

En route, je me souvins de ma première rencontre avec Mme Surrugue. Elle avait répondu à une annonce de poste que j'avais mise dans le journal local, lorsque j'avais réalisé que je ne pouvais pas à la fois être médecin et gérer l'administration de la clinique. J'avais libéré une journée entière pour les entretiens, mais après trois premiers candidats, j'étais déjà sur le point d'abandonner à jamais l'idée de trouver une personne avec laquelle je supporterais de travailler.

Puis elle arriva. Impeccablement vêtue d'une longue jupe avec veste assortie, les cheveux tirés en arrière et rassemblés en un chignon, sans lequel je ne l'avais plus jamais vue depuis. Pour une raison ou une autre, je me souvenais aussi parfaitement de ses chaussures de cuir brun au talon bas et carré, avec une boucle devant, qu'elle porta pendant au moins cinq ans après son embauche.

Je la fis écrire à la machine sous la dictée, ce qu'elle fit vite et sans aucune faute, et l'interrogeai sur ses emplois antérieurs.

— J'ai aidé mon père dans sa boutique depuis mes douze ans, c'était moi qui m'occupais de la comptabilité et qui mettais au propre les lettres pour les clients et les fournisseurs. À dix-neuf ans, j'ai trouvé un travail chez un avocat, et depuis, je me suis occupée de son agenda, de toutes les écritures, de la mise à jour des dossiers, ce genre de choses.

Elle me tendit un petit morceau de papier plié sur lequel il y avait quelques mots d'éloge sur son travail.

— Tenez, vous pouvez le contacter pour vous renseigner sur la qualité de mon travail.

Le lendemain, j'annonçai à Mme Surrugue, à cette époque Mlle Binout, que je lui offrais le poste.

Je ne vis la maison rouge avec le numéro douze en fer forgé sur le portail du jardin qu'une fois que le bus passa devant, et je me surpris à crier au chauffeur de me laisser descendre. Ce fut un soulagement d'échapper à la foule de gens entassés et une fois sorti, je frottai presque fébrilement mes mains sur mon pantalon.

Quelque temps après l'embauche, j'avais contacté Me Bonnevie, l'avocat que Mme Surrugue avait indiqué comme son employeur précédent. Je voulais me renseigner sur la possibilité d'acheter les locaux de ma clinique, dont je n'avais jusqu'à présent été que locataire, et mon étonnement fut grand quand je fis l'éloge de notre secrétaire commune et qu'il répondit que jamais de sa vie il n'avait entendu parler d'elle. Je n'en soufflai jamais mot à Mme Surrugue. Elle accomplissait son travail parfaitement bien, et d'ailleurs j'avais un certain plaisir à l'avoir dévoilée. C'était un secret qui était en même temps le nôtre et le mien seul, et son bluff ne m'avait fait que la respecter davantage.

— Bonjour, madame.

Je m'inclinai et soulevai mon chapeau, mais je n'avais pas bien réfléchi à ma visite, et soudain je ne sus plus quoi faire de moi-même. Mme Surrugue me regarda comme si elle avait oublié qui j'étais, et je me raclai la gorge avec incertitude, tout en passant le poids de mon corps d'une jambe à l'autre. Je fus frappé par sa transformation. Elle avait dû perdre pas mal de kilos, et de son chignon négligé s'échappaient quelques touffes de cheveux avec des mèches grises que je n'avais jamais remarquées auparavant.

Puis je me souvins des fleurs que je serrais d'une main humide et les tendis à Mme Surrugue, comme auparavant je lui aurais tendu ma canne. Peut-être retrouva-t-elle elle aussi une vieille routine, car elle prit le bouquet, qui l'aida apparemment à se rappeler comment se comporter en être humain.

— Merci beaucoup, monsieur, il faut tout de suite que je le mette dans l'eau, dit-elle en s'effaçant et en ouvrant grand la porte. Ne voulez-vous pas entrer ?

Café

— Je vous assure que j'ai été sous pression sans vous, annonçai-je en une phrase que j'avais échafaudée dans le bus.

Je décrivis comment les dossiers se trouvaient presque tous sur son bureau et lui dis que plusieurs patients m'avaient demandé de ses nouvelles et m'avaient prié de la saluer.

— C'est très attentionné de leur part, dit-elle avec un faible sourire. Mais j'ai vraiment du mal à comprendre que ce soit si difficile d'archiver les dossiers dans l'armoire, vous savez parfaitement où ils ont toujours été.

C'était tout à fait agréable d'être réprimandé, et les joues de Mme Surrugue se colorèrent un peu tandis qu'elle parlait.

— J'ai travaillé pour vous pendant plus de trente ans quasiment sans prendre de congés, et voilà le château de cartes qui commence à vaciller à peine a-t-on pris cette liberté.

Elle passa rapidement la main sur sa bouche et nous restâmes quelques instants en silence. Puis elle se leva brusquement.

— Café ?

Je l'observais tandis qu'elle travaillait. Ses mouvements étaient plus lents et semblaient peut-être moins efficaces qu'au bureau, et cela me rendait à la fois un peu triste et étrangement honoré d'avoir le droit de la voir ainsi.

— Comme c'est gentil de votre part de revenir, dit-elle alors, toujours le dos tourné. Thomas a beaucoup apprécié votre dernière visite et c'est comme s'il était plus calme depuis.

— J'en suis heureux, répondis-je en secouant la tête, mais c'est surtout lui qui m'a aidé. Comment va-t-il aujourd'hui ?

— Il vient de s'endormir, répondit-elle en posant la cafetière sur un plateau, il a eu une mauvaise nuit. Il y en a beaucoup comme ça.

Elle revint à la table avec le plateau, repoussa quelques piles de papiers et disposa les soucoupes, les tasses, le sucre, le pot de crème et le café devant nous.

— Depuis combien de temps au fond cela dure-t-il ? demandai-je.

Avec des mouvements contrôlés, Mme Surrugue lissa la nappe devant elle plusieurs fois, puis elle soupira.

— Ça a commencé un bon moment avant que je prenne mon congé. Thomas avait mal au ventre depuis plusieurs mois, mais il ne voulait pas aller chez le médecin. Quand enfin nous y sommes allés, ils ont dit ouvertement qu'il n'y avait rien à faire et que je pouvais aussi bien le ramener à la maison. Et c'est alors que j'ai décidé de rester ici, auprès de lui. (Elle s'interrompit, les yeux luisants.) En réalité, il peut mourir d'un moment à l'autre.

Je hochai la tête et regardai sa main, posée sur la table devant moi. Elle ressemblait à un oiseau que quelqu'un aurait abattu du ciel.

— Thomas est un homme bon, dis-je, et je ressentis de nouveau à quel point les mots peuvent être insuffisants.

Mme Surrugue avait sûrement été mariée à Thomas pendant plus de vingt ans. À présent, il était en train de mourir juste de l'autre côté du mur à ma droite et tout ce que je trouvais à dire, c'était que c'était un homme bon. Mais Mme Surrugue se contenta de hocher la tête, nous versa du café à tous les deux et posa ses pieds sur la chaise la plus proche.

— Pensez donc, dit-elle, presque étonnée, en m'étudiant les yeux plissés.

Inquiet, je remuai sur mon siège.

— Pensez donc quoi, madame ?

— Oui, que vous êtes venu, dit-elle en détachant son regard de moi et en soufflant sur son café avant d'en prendre une gorgée. Comme ça, tout simplement. Ça, je ne l'aurais quand même jamais cru.

Je tendis la main pour prendre ma tasse et lui souris.

— C'est la moindre des choses, dis-je.

Agathe 10

Elle était assise près de la fenêtre, le frêle soleil printanier posé sur ses cheveux, et elle ressemblait à quelqu'un qui est très loin. À moins de le savoir, il était impossible de voir qu'elle était malade. Un long instant, je demeurai là à la regarder avant de me ressaisir.

— Bonjour, Agathe, la saluai-je, entrez.

— Merci, répondit-elle en passant devant moi pour entrer dans le cabinet. Vous avez l'air triste aujourd'hui, mais bien sûr, c'est toujours le cas. Êtes-vous triste, docteur ?

La question était infiniment simple, mais personne ne me l'avait posée auparavant, et elle m'atteignit comme un coup dans l'estomac.

— Je… commençai-je.

Ma gorge fut tout à coup si sèche que je dus déglutir avant de poursuivre :

— Je n'y ai pas pensé.

— Vous n'y avez pas pensé ?

Elle s'assit sur le bord du divan et me regarda avec insistance. Ses grands yeux étaient bien trop proches, et je dus faire un effort pour ne pas détourner le regard.

— Non, répondis-je.

Elle fronça les sourcils :

— Mais enfin, docteur, comment pouvez-vous passer votre vie à soulager la souffrance des autres sans avoir un regard pour la vôtre ?

Maudite chaleur. J'aurais tout donné pour pouvoir ouvrir une fenêtre, mais mes jambes semblaient si dénuées de force que je restai assis, tandis qu'une onde brûlante se répandait depuis ma poitrine.

— J'ai sans doute développé une certaine capacité à laisser les questions sur place en quittant le bureau le soir, dis-je d'un ton que j'espérais détendu. Mais comment allez-vous vous-même aujourd'hui, Agathe ?

— Vous ne voulez pas répondre ? demanda-t-elle avec insistance. Comment pouvez-vous prétendre comprendre les autres si vous ne savez même pas comment vous allez vous-même ?

Elle soutint mon regard et je m'enfonçai, de plus en plus, tandis que le crayon, le bloc et tous les livres de médecine disparaissaient, me laissant à nu comme un homme anxieux de presque soixante-douze ans aux lunettes graisseuses et aux poils de barbe trop longs.

Il sembla qu'un temps infiniment long s'écoula avant que je réponde :

— Oui, mais sans doute ne le puis-je pas non plus. Vous avez raison.

J'écartai les bras.

— J'ignore totalement comment fonctionnent les gens ! Alors, qu'en dites-vous ? Tout cela n'est qu'un grand spectacle ?

Agathe souffla de l'air par les narines, mi-dérision, mi-rire :

— Là, je crois quand même que vous exagérez, docteur ! J'ai parlé à beaucoup de médecins avant vous, et il y en a infiniment peu qui écoutent vraiment ce qu'on dit. J'apprécie beaucoup votre aide.

Je n'y comprenais plus rien ; ne nous étions-nous pas à l'instant mis d'accord sur le fait que j'étais un imposteur ?

— Rien que de venir ici et de parler avec quelqu'un qui s'intéresse vraiment à moi et ne se contente pas de dire que je dois être hospitalisée, ça signifie beaucoup. Ne le savez-vous pas ?

Je secouai négativement la tête.

— C'est un fait. Seulement, pour moi, ça manque toutefois de sens que vous vous imaginiez être un expert en souffrances de l'âme, si vous n'avez même pas pris conscience que vous-même allez très mal.

Enfin, je retrouvai ma voix :

— Mais pourquoi croyez-vous que je vais très mal ?

— Par où commencer ? Vous vous êtes décomposé de plus en plus depuis que votre secrétaire est tombée malade. Il règne ici une drôle d'odeur, le bureau est dans un désordre total, et j'ai l'impression que vous avez porté le même costume depuis le premier jour où je vous ai rencontré.

Elle avança son menton pointu en un sourire et poursuivit ensuite plus sérieusement :

— Il y a évidemment aussi vos mains tremblantes.

Je regardai avec ébahissement le dos de mes mains tâchées de son.

— Mais c'est votre visage qui vous dévoile vraiment. Même quand vous souriez, vous semblez être en peine.

Eh bien, pensai-je, elle a sans doute raison. Mais qu'y faire ? C'était l'existence elle-même qui m'avait déçu.

— Pourquoi croyez-vous que je m'installe ici en retrait, où personne ne peut me voir ? dis-je pour ne pas totalement perdre la main.

— Haha, fit-elle en pointant un doigt menaçant sur moi, maintenant tout commence à s'éclairer !

Je ris d'une voix qui n'était pas la mienne, ou alors c'était le rire que je ne connaissais pas. Mais il y avait quelque chose de libérateur à être ainsi percé à jour par Agathe.

— Ah, en fait, vous *savez* rire, dit-elle, c'est dommage. Alors je dois un dîner à Julian.

Natation

L'angoisse m'attendait. Dès qu'Agathe eut quitté le bureau, elle se déversa sur mes pieds. Il restait encore un nombre effrayant d'heures avant de pouvoir aller me coucher, et la seule pensée de devoir fuir l'angoisse aussi longtemps me fatiguait.

Sur le trajet de retour, j'achetai du pain et du jambon pour le dîner. Le commerçant était bizarrement flou ; il m'était impossible de fixer ses traits, et mon pouls cognait dans mes oreilles.

— Quatre-vingt-dix centimes, monsieur.

Je lui tendis l'argent et me retournai pour partir.

— Monsieur, votre monnaie ! entendis-je quelque part derrière moi, mais j'étais embarqué dans un mouvement qui ne pouvait être stoppé.

Ça grésillait dans ma poitrine et je sentis, davantage que je ne le décidai, que mes pas me menaient vers le lac plutôt que vers la maison. *Agathe, Agathe*, entendais-je chanter dans ma tête ; soudain il y eut de l'eau devant mes pieds et je ne m'arrêtai pas quand la fraîcheur pénétra mes chaussures.

Encore un pas. Le fond était dur et en même temps malléable, l'eau m'arrivait aux mollets, et jamais rien ne m'avait paru plus apaisant. La fraîcheur transperça mon pantalon, attaqua ma peau jusque dans la chaleur de l'angoisse, et quand l'eau m'arriva à la hanche, je me glissai en avant et fis un mouvement de natation, si bien que tout mon corps tendu et en sueur fut englouti.

— Aaaaah, soupirai-je, et je me retournai sur le dos et me mis à nager vers le milieu du lac avec une légèreté libératrice dont j'avais oublié l'existence.

Petites choses

La première patiente de la journée n'était nulle autre que Mme Almeida, et je notai en mon for intérieur qu'après elle il ne restait plus que 100 entretiens exactement. La grande femme avait manqué à tous les rendez-vous depuis que je l'avais décontenancée avec ma démarche expérimentale, et j'avais commencé à me dire que finalement je l'avais mésestimée.

Mais soudain elle était là. Sa bouche était un trait mince et amer, ses talons accusateurs frappaient le sol et surtout, une fois allongée, elle demeura silencieuse.

— Bon, comment vous êtes-vous sentie ces semaines passées, madame ? dis-je pour engager la conversation.

Elle haussa les épaules d'un air morose.

— La dernière fois, je vous ai donné une tâche difficile. Peut-être voudriez-vous me raconter comment cela s'est passé ?

Elle me regarda brièvement.

— Ça ne s'est pas passé.

— Mais ça aussi, c'est un résultat, dis-je d'un ton encourageant. Comment cela ne s'est-il pas passé ?

— Mais enfin, c'était une tâche impossible. C'était complètement idiot.

Elle me regarda comme un enfant provocateur en avançant la lèvre inférieure, et je dus étouffer un sourire.

— Vous ne connaissez pas du tout Bernard, poursuivit-elle, et j'en viens à me dire que vous ne me connaissez pas moi non plus !

— Non ?

— Non ! Sinon, vous ne m'auriez jamais proposé de rester au calme. La seule façon pour moi d'avoir la paix, c'est de me maintenir en activité.

— Aha, souris-je.

— Aha quoi ? grimaça-t-elle. Vous êtes là avec vos « hmm » et vos « aha », à quoi cela peut-il me servir ?

En quoi elle pouvait bien avoir raison, mais elle ne s'en tirerait quand même pas aussi facilement aujourd'hui.

— Rappelez-moi au juste pourquoi vous avez besoin d'aide, madame ? dis-je.

— Non, là, c'est vraiment trop ! cracha-t-elle. Vous me demandez ça au bout de trois ans ?

— Je croyais que vous veniez ici pour parvenir à contrôler vos nerfs. Nous avons parlé de tout, depuis votre enfance jusqu'à votre respiration, sans succès, et le prochain pas logique doit être de mettre l'accent sur le présent et d'apprendre à prendre plus légèrement les petits problèmes du quotidien. Mais vous refusez cela. Alors maintenant, je vous le demande : pourquoi exactement avez-vous besoin de mon aide ?

Mme Almeida s'affaissa, ses larges épaules perdirent leur souffle et son dos se recroquevilla de façon protectrice au-dessus de son ventre bourrelé.

— Si vous souhaitez aller mieux, madame, je vois deux chemins. Peut-être même sont-ils reliés. L'un consiste en ce que vous accordiez moins d'importance aux petitesses et réduisiez vos obligations quotidiennes. L'autre est que vous introduisiez quelque chose dans votre existence qui ait un sens.

Elle écoutait, c'était clair. Peut-être ne comprenait-elle pas encore ce que je disais, mais de fait elle essayait vraiment.

— Ce que je veux dire, c'est que vous devez commencer à passer du temps à faire quelque chose qui signifie réellement quelque chose pour vous, quelque chose de plus grand que de faire des courses et le ménage. Quelque chose qui vous fasse plaisir ! Ou bien, ajoutai-je rapidement, en tous cas quelque chose qui vous intéresse. Alors toutes les petites choses pâliront.

— Toutes les petites choses ? demanda-t-elle, la tête penchée en avant et la lèvre inférieure tremblante.

— Oui, répondis-je. Tout ce avec quoi vous remplissez difficilement les heures, même si en réalité cela vous met en colère. Il doit quand même y avoir quelque chose de plus que ça !

Mme Almeida renifla. Puis elle hocha la tête avec hésitation et leva le regard vers moi.

— Au fond, c'est amusant que vous disiez ça, docteur, dit-elle. C'est justement ce que j'ai toujours pensé.

Rangement

Ce soir-là, j'eus soudain du mal à accepter que ma maison soit précisément telle qu'elle l'avait toujours été. Je regardais autour de moi, et même si tout m'y était familier, cela me paraissait à la fois imposé et mal arrangé. Je fus frappé par le fait que durant ma vie d'adulte je ne m'étais pas procuré un seul objet nouveau, pas même une cuillère ou un matelas neuf pour mon lit. Tout était soit hérité soit offert en cadeau par mes parents, et je l'avais gardé parce que cela fonctionnait.

Je commençai donc par les tableaux de mon père. L'un après l'autre, je les décrochai de leur clou et, ce faisant, je fus de plus en plus surpris de constater à quel point la couleur de mes murs s'était altérée.

Il y avait sept tableaux en tout, tous avec des motifs dont je me souvenais, quand je fermais les yeux, mieux que du visage de mon père. Plusieurs d'entre eux étaient plus vieux que moi ; ils avaient toujours été accrochés là et je ne m'étais jamais demandé si dans le fond je les aimais. Puis je me retournai vers le secrétaire.

Je ne l'avais pas ouvert depuis des années, et ce fut avec une certaine curiosité que je regardai dans les tiroirs. Mes parents n'étaient pas des personnes sentimentales, ils ne racontaient par exemple jamais des histoires sur ce que j'avais fait de drôle étant enfant. Mais dans un des tiroirs, je trouvai un écrin avec mes dents de lait et, sur plusieurs des tableaux de mon père, il y avait de petites traces de quelqu'un que j'avais toujours su être moi. Une empreinte condensée de pas d'enfant dans le sable, une grande et une petite silhouette entre les arbres d'une forêt au loin. Dans le tiroir inférieur, je trouvai une nappe et je me mis à y entasser les choses qui devaient être jetées. Le tiroir supérieur bloquait, mais je réussis à l'ouvrir en quelques fortes secousses. Il se révéla contenir une partie des instruments de peintre de mon père, des craies de couleur et de la peinture à l'huile, des pinceaux soigneusement rangés dans des poches et quelques carnets d'esquisses remplis. Je trouvai aussi la boîte contenant les crayons spéciaux que mon père ne me laissait utiliser que lorsque nous dessinions ensemble.

Les petits tiroirs tout en haut renfermaient la correspondance entre mes parents à l'époque précédant le départ de ma mère d'Angleterre, quelques photographies, un coupe-papier et une pochette en papier avec des timbres depuis longtemps périmés. La majorité fut jetée à la poubelle, puis je pris un des cahiers de notes noirs que j'avais avec grand plaisir trouvés dans le tiroir du milieu. Je les avais utilisés il y a des années en fin d'après-midi, quand le dernier patient avait fermé la porte derrière lui et que, faute de mieux, je discutais des cas avec moi-même. *Exerce-toi à écouter*, y était-il noté quelque part, et je ressentis un silencieux regret à la pensée de ce moi plus jeune qui avait réfléchi à des façons de devenir meilleur dans sa profession. De l'index, j'effleurai la graphie énergique sur le papier. L'écriture était identique ; l'homme était devenu un autre, pendant que je regardais ailleurs.

Je demeurai longtemps dans la même position, feuilletant les carnets, me réjouissant d'une bonne observation et me remémorant des patients particulièrement difficiles ou aimables, mais à la fin je n'en pouvais plus. Tout me faisait mal.

Épuisé, je m'assis sur le bord du lit et me demandai si j'avais le courage de me brosser les dents. Au lieu de quoi je me renversai en arrière jusqu'à être allongé sur le dos, toujours avec les pieds reposant sur le sol. C'est ainsi que je me réveillai au milieu de la nuit, complètement courbaturé, et je réussis avec peine à me déchausser et à me coucher correctement sous l'édredon avant de sombrer de nouveau dans le sommeil.

Le lendemain, je revins à la vie avec un corps douloureux mais étonnamment détendu. Je pris mon petit déjeuner dans le salon, qui semblait neuf et dénudé sans les tableaux ; exactement comme une toile qui aspire à être remplie. En quittant la maison, je traînai un grand sac que je jetai dans une décharge quelques rues plus loin.

L. 12/5-1928, CARNET DE NOTES N° 4

EN GÉNÉRAL

Ça marche bien d'être assis derrière
les patients ; ils parlent plus librement
+ associent de façon plus profonde.
Lire davantage sur l'interprétation des rêves ;
comment le rêve récurrent de Mme Tremblay
sur la perte de ses dents doit-il être compris ?

MON STYLE

J'essaie de poser moins de questions,
de laisser les patients prendre plus de place.
Différence entre les questions ouvertes
et fermées ; demander pour comprendre,
pas pour manipuler.

Alain a parlé de sa sœur,
qui s'est noyée sous ses yeux. Que fait-on
de son propre chagrin dans la thérapie ?
Ne souhaite pas tirer vers un contre-transfert,
donc n'ai rien dit. Où est la frontière
entre froid et professionnel ?

Alain : S'approche du cœur du traumatisme ;
la perte de sa sœur, le sentiment de culpabilité
et la perte de l'amour de sa mère. Continuer.

Mme Tremblay : Les dents peuvent-elles être comprises comme perte de puissance ? Impuissance dans un mariage raté ?

Mlle Sophie : Pas arrivée très loin encore, glisse à la surface. Dois être plus directif.

M. Laurent : Très obsessionnel. Apporte sa propre couverture pour le divan et la lave chaque fois. Fixation anale ?

Mme Mineur : Très gentille. Peut-être trop gentille ; n'exprime absolument pas sa volonté, me laisse tout diriger – une image de son comportement dans le monde réel ?

M. Ricceteur : Dépression. Ne parle quasiment pas. Que s'est-il passé ?

Agathe 11

Je dus mener à bien six entretiens avant d'en arriver à elle.

Je m'étais plusieurs fois rejoué mentalement notre séance de la fois précédente et, en toute honnêteté, je ne savais pas tout à fait à quoi m'attendre. Pourrions-nous simplement continuer comme avant, ou avait-elle d'une manière ou d'une autre perdu son respect pour moi après ma débâcle ?

Lorsque j'ouvris la porte pour l'appeler, elle était appuyée contre le mur et regardait par la fenêtre.

— Je crois que l'été est arrivé sans que je m'en rende compte, docteur, dit-elle en se tournant vers moi. Il y a à peine quelques semaines, il neigeait et maintenant, tout a pris des couleurs.

Je jetai un coup d'œil à la rue. Elle avait raison, les buissons s'étaient vivifiés d'un flot de vert, l'herbe sur les pelouses était dense et grasse. Lors de mon éclosion comme retraité, ce serait le plein été.

Je m'assis derrière Agathe et restai dans l'attente, mais elle demeura silencieuse pendant plusieurs minutes. Lorsque enfin elle parla, c'était comme si elle avait formé les mots longtemps auparavant et les avait transportés avec elle jusqu'à ce qu'elle puisse les déposer ici.

— Vous souvenez-vous, docteur, du jour où vous m'avez demandé de quoi j'avais peur ?

— Oui ?

— Peut-être l'avez-vous déjà deviné, mais mon père nous touchait. Surtout moi, j'étais venue en premier, mais aussi Veronika. Parfois, il m'agrippait quand je passais devant son fauteuil et je n'arrivais plus à me libérer. Puis il se mettait à me toucher depuis les cuisses, remontait entre mes jambes, autour des hanches jusqu'aux fesses, revenait sur ma poitrine et sur mon cou. Il finissait par mon visage.

Elle déglutit péniblement, sa voix était plate et distanciée, tandis qu'elle détaillait le trajet des mains vers le haut. Le malaise se répandit dans mon corps pendant qu'elle parlait. Elle avait raison, j'en avais peut-être eu l'intuition, mais cela me rendait tout de même furieux. J'avais déjà entendu des histoires d'abus, mais cela était plus subtil, mieux masqué.

— Il passait toujours plus de temps sur le visage, surtout sur ma bouche. Il s'agissait de ne pas pleurer, parce qu'alors il me consolait et c'était presque pire encore.

Mes mâchoires se tendirent à l'idée du visage jouisseur du père, de ses yeux aveugles écarquillés et du corps d'enfant d'Agathe, rigide sous ses mains. Je sentis que je serrais le crayon si fort que cela faisait mal, et je relâchai prise.

— C'était si dégoûtant, poursuivit Agathe. Je détestais ça, mais ma mère disait que c'était tout à fait naturel, que ce n'était que sa façon à lui de voir. Qu'il essayait de comprendre qui j'étais.

— Quand est-ce que cela a cessé ? demandai-je.

— En réalité, jamais vraiment. Seulement, j'ai quitté la maison. Mais ça devenait plus facile à éviter ; quand enfin je leur rendais visite, ils avaient en général d'autres invités aussi. Il est mort il y a dix ans.

— Et votre mère ?

— Elle vit encore là, soupira Agathe. Je lui rends visite deux ou trois fois par an, mais ça finit souvent...

Elle chercha ses mots.

— Oui, en blocage.

— On dirait que votre mère était au moins aussi aveugle que votre père, dis-je en espérant qu'elle n'entende pas vibrer ma voix.

Si j'avais pu, j'aurais presque battu à mort ses parents.

— Au fond, je crois que ma mère savait ce qu'il faisait, répondit-elle. Mais je n'arrive pas à savoir si elle était seulement indifférente ou si elle aimait carrément me voir être mal.

Soudain, je fis une association.

— Agathe, vous souvenez-vous des jumelles de votre rêve ?

— Oui ?

— Est-ce que vous voyez ce qu'elles sont aussi, ce que nous n'avions pas compris cette fois-là ?

Je me penchai vers elle, fébrile. Elle traîna un peu :

— Non, que voulez-vous dire ?

— Je veux dire que ces jumelles sont votre conflit fondamental !

Je criais presque à présent, mais j'étais trop excité pour me réfréner :

— Plus que toute autre chose, vous souhaitez être vue ; sinon vous n'existez pas ! Ce que votre père voyait avec ses doigts, c'est quelque chose que vous avez fini par haïr. Et votre mère laissait simplement faire, même si vous vous décomposiez sous ses yeux. Ne voyez-vous pas que vos parents vous ont rendue invisible à vous-même ?

Le sang bruissait dans ma tête. De nouveau je voyais Agathe assise sur le bord de la chaise dans la maison blanche avec une expression que personne ne devrait avoir.

Sa voix était frêle, et c'était comme si elle retenait son souffle quand elle demanda :

— Mais alors, qu'est-ce que ça signifie ?

Une question aussi simple. Lorsque je répondis, j'étais péniblement conscient qu'il me restait précisément 71 entretiens avant la retraite et que seuls six d'entre eux étaient avec Agathe. Soudain, ce chiffre qui avait toujours paru beaucoup trop grand sembla effroyablement petit.

— Cela veut dire, Agathe, que vous devez apprendre à vous voir vous-même.

Figure/fond

L'enterrement eut lieu un dimanche après-midi. Mme Surrugue avait envoyé une invitation officielle par courrier et je n'avais trouvé aucune bonne raison de ne pas m'y rendre.

J'étais donc là sous le soleil avec mes paumes moites, vêtu de mon costume noir d'enterrement sentant la naphtaline. Les gens défilaient devant moi pour entrer dans cette même église dans laquelle mes parents avaient été à la fois mariés et enterrés. La plupart étaient des gens âgés aux vêtements sombres et aux visages recueillis, et beaucoup d'entre eux me saluaient, même si nous ne nous connaissions que de loin.

J'avais eu le même sentiment lors des cérémonies pour mes parents. Je me souvenais des poignées de main compatissantes, des regards qui exigeaient de moi quelque chose que je ne pouvais pas me forcer à manifester.

Connaissez-vous la mort ?

Puis arriva Mme Surrugue, et elle s'arrêta un court instant devant moi. Je tendis la main.

— Mes condoléances, madame.

Elle la serra et hocha la tête. Elle était encore plus mince que la dernière fois que je l'avais vue, mais son regard était calme lorsqu'il rencontra le mien.

— Merci, dit-elle.

Ses pas crissèrent sur les graviers du sentier remontant à l'église et, un court instant, je gelai l'image : la femme en noir devant l'église blanche. Lorsqu'elle pénétra par les portes à double battant, le noir se fondit dans le noir.

Je suivis ma secrétaire dans l'église et m'assis sur le banc de bois usé à blanc. La nef était fraîche et l'odeur particulière de pierre, de bois et de bougies était sèche après la chaleur humide à l'extérieur. Peu à peu, d'autres odeurs s'y ajoutèrent : le parfum des femmes, l'eau de toilette des hommes et la douceur nauséeuse des lis.

Mme Surrugue reviendrait-elle à présent à la clinique m'aider pour les dernières formalités ? Je n'avais pas osé en parler lors de mes visites, mais il ne restait maintenant plus qu'une semaine et demie avant ma retraite, et tout devait être bouclé. Les derniers patients devaient soit être amenés à conclure, soit être dirigés vers d'autres médecins, les dossiers devaient être mis en ordre afin d'être transmis ou archivés, et le contrat avec le nouveau propriétaire de la clinique n'était pas encore finalisé. Ce serait une tâche insurmontable sans elle.

J'essayai de nouveau de me concentrer sur la cérémonie. Devant l'autel se trouvait le cercueil capitonné de velours. De quoi avait-il l'air à l'intérieur, et avait-il pour finir accepté librement son départ ? Quelque chose me disait que oui.

Je restai assis durant toute la séance, l'homélie du prêtre et les psaumes, même si une émotion traîtresse dans ma gorge m'empêchait de chanter et que la puanteur des fleurs devenait de plus en plus lourde. Elle se posait comme une douleur sur mes yeux et pénétrait sous ma peau, et lorsque huit hommes en costume impeccable portèrent Thomas vers la sortie, quelque chose en moi se brisa.

Un sanglot s'amassa dans ma gorge et je sentis mon visage se chiffonner. Instinctivement, je le cachai dans mes mains, mais les pleurs gagnaient en force et je dus me mordre durement le pouce pour atténuer le son plaintif qui se pressait.

J'eus un sursaut quand je sentis un bras se poser autour de mes épaules. Ma première impulsion fut de me secouer pour m'en libérer, mais je ne bougeai pas. Au lieu de cela, à ma grande surprise, je restai assis sur le dur banc d'église avec le bras d'une personne inconnue autour de moi et je pleurai.

Paix

Le lendemain de l'enterrement, je descendis après le travail chez Le Gourmand pour acheter de quoi faire un gâteau.

Ce n'est qu'une fois être entré dans la boutique et avoir pris un panier que je me rendis compte que je ne savais absolument pas par où commencer. Heureusement, il y avait derrière le comptoir une jeune femme coiffée d'un foulard à pois bleus qui remplissait un bocal de bonbons, j'allai vers elle et me raclai la gorge.

— Excusez-moi de vous déranger, mais vous ne pourriez pas me dire comment on fait un gâteau ?

La jeune femme éclata de rire et dévoila deux fossettes parfaites.

— Mais si, bien sûr. Quel gâteau aimeriez-vous faire ?

— C'est une bonne question, dis-je. Quelque chose avec des pommes ?

— Un gâteau aux pommes, c'est dans nos cordes. Suivez-moi !

Et elle me guida à travers les rayons, trouva de la farine, du sucre et un paquet de beurre, me fit sentir un bâton de cannelle et posa de gros œufs bruns dans mon panier.

— Les pommes sont là-bas, elle pointa du doigt de grandes panières avec divers fruits et légumes. Avez-vous de la cardamome ?

— Je crains n'avoir qu'un peu de pain et un vieux fromage.

La jeune femme rit de nouveau.

— Alors il est grand temps que vous élargissiez l'assortiment.

Elle m'aida pour les derniers ingrédients, tout en racontant que son père livrait des œufs frais à la boutique tous les matins et que le gâteau que j'allais faire était basé sur une recette de feu sa grand-mère, qui était renommée au loin pour sa cuisine.

— Pour qui allez-vous faire le gâteau ?

— C'est une sorte de gâteau de paix, expliquai-je, et elle hocha la tête comme si c'était la chose la plus naturelle du monde.

Quand toutes les marchandises furent empaquetées dans des poches en papier brun, je la remerciai infiniment.

— De rien, sourit-elle, avez-vous du papier ?

Je lui donnai mon crayon et le carnet que j'avais toujours dans mon sac et elle commença à écrire.

— Et puis il vous restera à le laisser tiédir avant de le servir. Et il sera prêt pour la paix.

Il y avait de la farine partout. Je n'avais pas de fouet, ce fut donc une tâche pratiquement impossible que de venir à bout des grumeaux, même en remuant tant que je pouvais. Mais une fois fini, le gâteau se présentait rond et odorant dans le vieux moule de ma mère, avec les bateaux de pommes en demi-lune joliment placés en un motif en spirale, et je pus à peine réfréner ma joie.

Mon cœur battait lourdement dans ma poitrine lorsque je sonnai à la porte. Elle s'ouvrit, et s'il fut surpris de me voir, il le cacha très bien.

— Bonjour, dis-je avec des mouvements de bouche exagérés, j'ai fait un gâteau.

Je fis un signe de tête vers le plat et le lui tendis.

Enfin, je voyais vraiment mon voisin. Il était dans la soixantaine, estimai-je, et un peu plus enveloppé que moi. Il portait une robe de chambre délavée, avait des cheveux gris indisciplinés et des lunettes épaisses d'un pouce suspendues à une cordelette autour de son cou. Peut-être le dérangeais-je au milieu de la lecture du journal.

Comme il se contentait de rester debout à cligner des yeux, troublé, je criai, toujours en articulant exagérément :

— Gâteau !

Avec hésitation, il prit le paquet tiède et le leva vers son visage comme pour le sentir. Une expression étonnée se répandit sur son visage fatigué. Puis il leva lentement une main vers son cœur, tout en formant un *merci* visible des lèvres. Soudain, je trouvai qu'il avait l'air terriblement misérable avec son ventre ballonné et les petites touffes de poil qui dépassaient de ses oreilles.

Tu existes, avais-je envie de lui dire, *j'écoute quand tu joues, juste de l'autre côté du mur.*

Au lieu de quoi je levai une main maladroite pour saluer :

— De rien. À bientôt !

Une fois revenu chez moi, je me retournai. Exactement comme je l'avais prévu, mon voisin se tenait encore dans l'entrée avec le gâteau pressé contre sa poitrine et la main levée en salut.

Gâteau aux pommes

Faites fondre le beurre dans une poêle
– attention à ne pas le faire brûler.
Mélangez avec 2 bonnes tasses de sucre
jusqu'à ce qu'il éclaircisse et rajoutez
les 4 œufs au fur et à mesure.

Prenez 4 tasses de farine, une pointe de sel
et une cuillère à café de levure et mélangez
dans un saladier. Rajoutez un peu
de cardamome et coupez les bâtons de cannelle
et de vanille dans leur longueur. Mettez-en
autant que vous voulez. Si vous voulez,
vous pouvez aussi ajouter un peu de lait.

Mélangez bien le tout et hop !
Vous avez votre pâte. Beurrez un plat à four
et versez-y la pâte, puis pressez les bateaux
de pommes épluchés et découpés dans la pâte.
Saupoudrez de sucre à la fin.

Le gâteau doit cuire à 180°, trois quarts
d'heure au moins. Laissez refroidir
au moins une demi-heure avant de servir.

Bon appétit !

Retour

Un matin, allongé sous l'édredon, je regardais le fin réseau de craquelures du plafond en révisant mentalement la journée à venir. Je devais voir cinq patients et je réalisai qu'à cet instant précis j'ignorais combien il m'en restait en tout.

Dans la cuisine, je fis chauffer de l'eau dans la bouilloire. Je sortis la pochette de thé à la rhubarbe du tiroir, la flairai et versai les plantes noires dans une passoire. Mon voisin était réveillé ; lui aussi faisait bouillir de l'eau, car peu après j'entendis le sifflement caractéristique de sa bouilloire à travers le mur. Puis je jetai les feuilles de thé, versai le lait dans la tasse et mangeai un rapide petit déjeuner à la table de la cuisine. Encore une fois, je me demandai pourquoi au fond un homme sourd jouait du piano. Peut-être avait-il entendu autrefois, mais il fallait que je me souvienne de le lui demander un jour, si j'osais.

— Bonjour, monsieur.

Je fus si content de la voir que pour la première fois de ma vie je pris ma secrétaire par les épaules dans ce qui ressemblait à une étreinte.

— Comme c'est bon que vous soyez de retour ! m'exclamai-je en la relâchant. Car vous êtes de retour, n'est-ce pas ?

Mme Surrugue souriait avec gêne et ressemblait en tous points à une très jeune fille qui aurait reçu son premier compliment.

— Oui, je le suis, répondit-elle. Maintenant que je n'ai plus rien à faire chez moi, il est temps.

Puis elle prit ma canne – il faisait trop chaud maintenant pour le manteau, même pour moi – et je posai le chapeau sur l'étagère.

— Je me suis permis d'inscrire un nouveau patient à l'agenda, dit-elle d'un air détaché en regagnant sa place.

— Un nouveau patient ! lui criai-je. Mais vous ne pouvez pas faire ça !

— Bêtises, dit-elle en se retournant vers moi. Vous ne pensez quand même pas encore à prendre votre retraite ?

Elle me regarda vivement et j'hésitai. Je n'avais toujours pas trouvé de bonne réponse sur mon emploi du temps, quand j'arrêterais. Le compte à rebours avait été un but en soi, mais au-delà ? Rien que des miroirs vides.

Malgré tout, je refusais par pur principe de lui donner raison aussi vite. Je lui envoyai ce que j'espérais être un regard de réprimande et dis :

— Il faut absolument que vous me consultiez avant de prendre ce genre de décision, Mme Surrugue, vous le savez bien. Cela ne va vraiment pas.

Elle ne parut pas éprouver le moindre remords.

— Je vais considérer la chose et reviens vers vous cet après-midi, dis-je, et c'est tout à l'honneur de ma secrétaire que je vis à peine la petite crispation de sa bouche lorsqu'elle hocha la tête et se réinstalla sur son trône.

L'ordre minimaliste avait été réinstauré sur la grande table et Mme Surrugue se mit à taper à la machine à une vitesse féroce, le regard baissé sur les papiers devant elle.

Agathe 12

Elle marchait devant moi, à quinze mètres peut-être. Elle était vêtue de noir de pied en cap, bien que ce fût une journée de chaleur vibrante, sans une ombre ; seul un fin ruban jaune autour de ses cheveux se détachait. Je la trouvais fascinante, mais cela doit bien sûr être évident à présent.

Elle marchait vite et d'un pas décidé, et mes jambes fatiguées de vieillard avaient du mal à suivre, mais soudain elle s'arrêta et pivota sur elle-même. Je m'arrêtai aussi. Le soleil brûlait mon dos de chemise détrempé et je pensai : bon, te voilà découvert. Maintenant tout est terminé. Tout le monde sait qu'on ne doit pas mélanger la thérapie et la vraie vie ; vois ce qui est arrivé à ce bon Jung.

Elle s'était arrêtée juste devant le café du boulevard des Reines, et maintenant elle tendait une main pour pousser la porte de verre, tout en s'abritant du soleil avec l'autre. Sa voix m'atteignit tout à fait distinctement, même s'il y avait des gens entre nous sur le trottoir ; même si la fontaine clapotante du jardin, où je m'étais caché la dernière fois, avait été mise en route. Comme si mes oreilles étaient réglées sur sa fréquence à elle précisément.

— Alors, docteur, elle fit de la tête un petit signe vers le café, vous m'accompagnez ou quoi ?

Table

13164

Composition
FACOMPO

Achevé d'imprimer en Slovaquie
par NOVOPRINT SLK
le 24 février 2021.

Dépôt légal : février 2021.
EAN 9782290239933
OTP L21EPLN002911N001

ÉDITIONS J'AI LU
87, quai Panhard-et-Levassor, 75013 Paris

Diffusion France et étranger : Flammarion